目次

私は女になりたい

序章　バイカウツギ

あの人と別れてから五年の月日が経った。

あの人のことを思い出そうとしても、もう胸のどこも痛まないということが私を少し安心させる。記憶が少しずつ薄れていくということは私にとっては大きな救いだ。私のなかに散らばっていたあの人の記憶は、黒からグレイにそして白に近づきつつある。早く年齢を重ねて、あんなこともあった、と穏やかな笑みを浮かべられる日が来ればいい。

そうはいっても、五年かかった。ひどい裂傷を自分の力で一針一針縫い、ガーゼで覆い、抜糸をし、赤みを帯びた傷が白くなるまで、それほどの時間が必要だった。

別れてから一年もの間、私は自分の泣き叫ぶ声で目を醒ました。あまり気持ちのいい目覚めではない。あの人がこの部屋に残したものは、もうなにひとつない。

スマホのなかに残っていた写真も（未練はあったが）一枚ずつ削除していった。

それでもどうしても消せなかった写真が今も一枚残っている。二人で行ったたった一回だけの旅行。夏の神戸《こうべ》だ。三宮《さんのみや》のガード下。なぜ、そんなに人通りの多いところで写真を撮ろうと思ったのか。あの人は突然、通りすがりの人に私が手にしていたスマホを渡し、「おっちゃん、悪いんやけど、写真撮ってんか」と頼んだのだった。

衣類や靴、アクセサリー、カラフルで猥雑な商品を扱う店が並ぶ通りだった。その狭い道に二人が肩をすくめるようにして立っている。四十八の私と、三十四のあの人。目を凝らして写真を見つめてみても、自分とあの人との間に、それほどの年齢差があるようには思えない。年齢よりも若く見えなければならない。と、美容皮膚科医になってから半ば強迫的に思ってきた。だから、自分の顔にもあらゆる施術を施してきた。それが功を奏したのか、彼が年齢よりも上に見られるのか、十四の年齢差があるカップルには到底見えない。そのことが未だに私をほんの少し安心させる。

写真をピンチアウトして拡大する。私たちはその頃、どこに行くにも手をつないでいたが、なぜだかこのときはそうしていない。手は今にも触れあいそうな位置にあるのに、手をつなぐことを躊躇《ちゅうちょ》しているようにも見える。私とあの人の顔を拡大してみる。あの人の顔は満面の笑みを浮かべている。まったく迷いがないように見える。自分の顔もそうだ。けれど、このとき、自分が何を考えていたか、ありありと思い出せる。この旅が終わったら、彼と別れようと、私はそう考えていた。そうして、ほんとうに、そうした。人の表情などあてにならないものだ。彼がこのとき、何を考えていたか、私にはわからない。私と同じようなことを考えていたかもしれないのに。

男との縁とはなんだろう、と今でも思う。

前世からの結びつきなどという、スピリチュアルめいた出来事ではない。引き寄せるものでもない。人の縁とは事故のようなものだ。暴走する自動車同士が曲がり角でぶつかってクラッシュするような。別れた夫も息子も、彼も、そうやって私の世界に侵入し、私の世界を変え、塗り替えていったのだから。

子まで生《な》した夫と別れたときは、せいせいしたものだった。これで、悪縁が切れるとまで思った（実際のところ、もつれた糸をひと思いにちょきんと切るようにはいかなかったわけだが）。夫とつきあう以前に、そして離婚後に幾人かとの恋人とつきあい、別れた。一応は泣いてみたりはしたものの、今にして思えば蚊に食われたようなものだった。

あの人と別れたときには魂がちぎれる思いがした。自分の体のどこかはもうあの人と同化してしまって、ひとつの何かになっていた。それを無理矢理に剝がしたのだ。

心が壊れた。しばらくは友人の心療内科医に処方してもらった睡眠導入剤に頼った。今は薬なしでも眠ることができる。私の心は薄紙をはぐように快復していった。時間というのは残酷だ。魂がちぎれる、とまで思った痛みすら、研磨して滑らかにしてしまう。

けれど、五年経った今でも、あの人のことを思い出さない日はない。一日に最低でも一度はあの人のことを思い出し、写真のフォルダを開く。あの人がこの世界のどこかで今も生きている、と思うことが私の励みでもあった。結婚をして子どもがいるかもしれない。そう考えると、胸の奥深くに長くて細い針を刺されたような気持ちにもなる。

けれど、待ってはくれない仕事というものが私を支えた。女性を美しくする仕事、少しでも若く見せる仕事、その人の最大限の美しさを引き出す仕事。女性の顔を白く、滑らかにしてしまう自分の手は、傲慢なことだが、神の手だと思う瞬間もある。誰かに雇われているのではなく、自らの名を冠したクリニックを持つ経営者としてのプライドもある。美容皮膚科医という仕事が私を生かした。そうして五年の月日が経った。

あの人と出会う前の私は仕事だけに生きる女だった。

そして、五十三になった今でもそうだ。

あの人は食べることが好きな人だった。彼とつきあい始めて体重が驚くほど増えた。食事をする店にも詳しかった。都内の和食、中華、洋食、エスニック、めぼしい店にはほとんど行ったのではないか。

そして、彼は私が食べている姿が好きだと言った。

「ほんとうにおいしそうに食べはりますね」

そんなことを言われたのは、生まれて初めてだったので、少々面食らった。

私が作る、料理とは到底言えないようなものでも、彼は喜んで食べた。別れた夫にも言われたことがないことを言われて、私は素直にうれしかった。誰かにおいしいものを食べさせたい、それが喜びであることを、あの人に出会って久しぶりに思い出した。

私は五十近くになって、本屋に行き、料理本を買い込んだ。生春巻き、テールシチュー、タイカレー、今まで作ったことすらないものを作り、それを彼に供した。彼は喜んでそれを口にした。世の中にこんな幸せがあることを、私はとうに忘れていた。息子が離乳食を食べたとき、私の心はこんなふうに弾んだだろうか。答えはいいえ、だ。自分が冷酷な人間に思えたし、今さら何を、という恥の気持ちはもちろんあった。けれど、あの頃はあの人においしいものを食べさせることに必死だった。

昔の女ならば五十が寿命だ。老人、といってもいいだろう。けれど、今は美容皮膚科や美容整形の施術で表面的な若さを保つことができる。誰かがテレビで今の人間の実年齢は昔よりも十歳若い（幼い）と言っているのを耳にしたことがある。三十ならば昔の二十、四十ならば昔の三十、というわけだ。そこに医学的な根拠はないが、自分を含め、このクリニックにくる患者さんたちをみていても確かにそうだろう、と思う。けれど、若くできるのは体の表面だ。内臓を若返らせることはできない。若くみえても、私たちは確実に老いている。外と内の年齢差はどうやっても埋めることはできない。七十の女性が、なんらかの施術で六十に見えたとしても、体の内側では老いは確実に進行しているのだ。その溝を私たちは持てあましている。老いのなかで恋が生まれたとして、実際、三十代に見られたとして、実は五十歳なのよ、と言われたときに、相手の心は冷めていくのではないか。あの頃の私はそう信じこんでいた。

あの人は私が年齢を告げたときに、へえ、と言っただけだった。だから？　という顔をした。「それが何か？　関係あるやろか」と関西のイントネーションが混じる彼の声で、それは今でも何回も私の耳で再生される。

美容皮膚科医としていつまで自分が仕事を続けることができるのか、それはわからない。けれど、その人生に、あの人のような人があらわれることはもうないだろうし、恋というものが介入してくることもないだろうと思う。

五十三になった今にして思う。あれが私の人生最後の恋だった。そして、あの人といたときの私は、確かに一人の女だった。

一章　アスチルベ

朝、ベッドから出てリビングのカーテンを開けると、いかにも真夏らしい入道雲が濃い青空に広がっているのが見えた。梅雨が明けてからというものつけっぱなしのクーラーの効いた部屋の中からはわからないが、今日もまた暑くなるのだろう、という気がした。歯ブラシをくわえながら、スマホの天気のアプリを開く。世田谷区《せたがやく》36度、体感温度は43度とある。いつから日本はこんなに暑い国になってしまったのか。コーヒーメーカーに豆を入れて、水を注ぐ。すぐに豆をひく重い音が響く。これ、少し音がうるさくはないだろうか、と思いながらも使い続けて一年になる。

簡単な朝食を済ませ、食器をシンクに運びながら思った。今日は病院のオーナーである佐藤直也《さとうなおや》に会う日だったと。男性と二人きりで食事をする、という単純な歓びと、その相手が佐藤直也であるという事実が私のなかで複雑に混ざり合う。けれど、クローゼットの中から洋服を選んでいる自分はまるでデートを待ちわびるただの女、という事実に落胆もする。ネイルをしたばかりでよかったと思いながら、私はシルクのストッキングに足を通す。

フォトブライトフェイシャルは、私のクリニックで一番人気のある施術だ。加齢や紫外線によるダメージで変化した肌を、さまざまな波長を使って改善する。シミやそばかす、毛穴の開き、赤ら顔、ニキビなどの症状の改善、肌のハリやつやをアップする効果がある。患者さんの目を光から守るためにゴーグルで保護し、ジェルを薄く塗って、肌質や状態にあわせて光をコントロールしながら照射する。ほかのクリニックでは、スタッフが照射することも多いが、私のクリニックでは院長である私自ら照射する、キメの細かい治療ということがウリになっている。

「痛みがあったらおっしゃってくださいね」そう伝えると、患者さんがかすかに頷く。

左頬から光をあてていく。ランチタイムの午後一時まであと二人。朝から五人目の患者さんだ。ニキビ痕に悩む二十七歳の女性。仕事柄、モデルや芸能人を施術することは多いが、彼女はそうではなさそうだ。会社員であるなら、平日のこの時間に来られるとは思えないが、患者のプライバシーにはかなり距離をとるようにしている。彼女の肌はうっすらとしたニキビ痕がいくつかあるものの、ハリもあり、毛穴も目立たない。陶器のようにつるん、としている。高校生といっても通用するだろう。けれど、肌の老化は二十五から始まる。それほど安くはない治療を彼女が受けようと思ったのはなぜなのか、それはわからないが、綺麗になりたい、という欲望には年齢など関係ない。

彼女の顔に光をあてながら、自分は二十七のとき、何をしていたか、とふと思う。まだ大学病院に勤務していた皮膚科医の一人にすぎなかった。別れた夫と同棲を始めた時期だ。カメラマンの夫。売れてはいなかった。私の稼ぎで二人の生活のほとんどをまかなっていた。そして、それは、二十八で、息子の玲《れい》が生まれたあともそうだった。子育てと仕事を両立できたのも、時間的に余裕のある夫がいてくれたおかげだった、と今になって思う。けれど、別れたときには、彼に稼ぎがない、ということを責め立てた。いくら若かったとはいえ、無茶苦茶だ。彼から息子を引きはがすように別居をしたのが四十一、息子が中学に入ったときだった。その息子も大学入学と同時に、私の元を巣立っていった。

ふと思うのは、家族でいられた時間の短さだ。一年同棲をして息子が生まれて、玲が十三になって別居をしたのだから、家族三人で暮らしたのはたったの十三年間だ。

家族として空中分解をするまで、いったい、私たちは何を積み上げてきたのか、とも思う。玲を片親にするつもりなどなかったが、結果としてそうなってしまった。

大学生になったばかりの玲が、ふと、「『ブルーバレンタイン』という映画が嫌いだ」と言ったことがある。私もその映画を見たことがある。ライアン・ゴズリングとミシェル・ウィリアムズという好きな俳優が出ていたからだ。玲が嫌いだ、と言って、初めて彼がその映画を見たことを知った。娘を持つあるカップルが、倦怠を乗り越え、また、再生しようとする映画だ。

「ラストシーンが大嫌いだ」

とも玲は言った。結局、二人の仲は過去のようには戻らず、娘を残して父親は出て行く。別居についても離婚についても、私に向かって多くのことを語らなかった玲だったが、『ブルーバレンタイン』のラストシーンが大嫌いだ、と言われて、胸をつかれた。あれは彼の、自分の家族に対する異議申し立てだったのだ。

「さあ、終わりましたよ」と彼女に声をかける。彼女のゴーグルを外す。

「少し赤みが出ているところもあるけれど、明日には治まります。紫外線対策をして保湿をしっかりね」そう言うと、彼女はぼんやりとした顔で頷いた。

やっとランチタイムになった。クリニックのスタッフは三人。渋谷の高級住宅街と呼ばれるこの場所にクリニックを開いて三年近くになる。とはいえ、私は雇われ院長だ。この病院にはオーナーがいる。それが今夜会う佐藤直也だ。私は彼に雇われている。

「さあ、ランチに行っていらっしゃい」

私はスタッフたちに声をかける。ランチタイムは一人で過ごしたいから、スタッフにはできるだけ外で食事をしてほしかった。朝、クリニックのそばにあるベーカリーで買って来たクロワッサンサンドをポットに入れてきたコーヒーと共に食べる。食べることだけに集中しない。ほかのクリニックのHPを（美容皮膚科は今や歯科とともに飽和状態だ）チェックし、医療雑誌の論文に目を通す。朝も、昼も、夜も、一人で食事をとることにもう寂しさなど感じない。誰かと食事をする、ということがとてつもなく面倒になる。今夜の佐藤直也との会食のことを考えると、胃のあたりがかすかに重くはなるが、指定された場所は和食の懐石の店なので、それほどのボリュームはないだろう。

ふいに、クリニックのドアに取り付けたベルがチリン、と鳴る音がした。

紙ナプキンで口を拭いながら出て行くと、額に汗を滲《にじ》ませたスタッフの柳下《やなした》さんが立っている。

「先生、今日、午後二時から取材」

「あ、忘れてた」

「やっぱり！　もう口の端にパン屑つけてー。子どもですか!?」

そう言いながら笑う。

「先生、その髪とメイクじゃダメだから」

「え、だめ？　髪もまとめてるからこれでよくない？」

「だめです、だめです。あの雑誌、出てくるドクターはヘアメイクつけている人もいるんですよ。先生、無頓着すぎ！」

そう言って私を椅子に座らせる。ロッカールームから戻った柳下さんが黒い大きなポーチから銀色のコテを取り出した。

「髪は下ろして巻きましょう。あと、メイクも手直ししないと！」

まるで口うるさい母のようだ。柳下さんは美容部員からエステティシャンを経て、うちのクリニックにやってきた三十八歳の女性で五歳になる息子を一人で育てている。施術者としてだけでなく、スケジュール管理やプレスとしての仕事も一任していた。気働きがきき、患者さんからの受けも抜群にいい。クリニックは午後七時までで、彼女は保育園の都合で午後五時には帰ってしまう時短勤務だが、それでも、スタッフのなかで私がいちばんに心を許している人間でもあった。彼女にはこのクリニックでずっと働いてほしかった。

私が柳下さんに髪を巻かれ、メイク直しをされていると、次々にスタッフが帰ってきた。

「うわ！　先生綺麗！」

お世辞だとわかっていても、うれしいものだ。いつのまにか、スタッフが私のまわりに集まりだした。

「もう、みんなに見られていたら恥ずかしいよ！」

そう繰り返すのに、皆は柳下さんのメイクで変わっていく私を見てはやした。

二十八歳の下田《しもだ》さん、三十三歳の成宮《なるみや》さんは、共に独身だ。このクリニックは女ばかりだが、スタッフ同士の仲は悪くはない、と思う。柳下さんにメイクを手直しされている私を見ながら、下田さんと成宮さんは婚活アプリの話を始めた。最近、彼女たちが婚活アプリで見知らぬ男性と会っていることは、小耳に挟んでいた。

「ところが、会う男、会う男、だめですよ……」

肩を落として下田さんが口を尖《とが》らせながら言う。

「そうだ！　先生もやってみたらどうですか？」という下田さんの言葉に、

「アラフィフ、女医、っていちばん引きが強そう」と成宮さんが続く。

「俺を喰わせてくれ、っていう男しか集まってこないよ！」

と私が言うと、それもそうかもしれませんねぇ、とどこか納得したような声で下田さんが言い、その顔を私の化粧を直していた柳下さんが笑みをとどめながらかすかににらみ、下田さんが肩をすくめた。

「はい。今度はこちらから撮影しますね」

パシャリ、パシャリ、と水風船が割れるようなシャッター音がする。私が出産したときの破水の音にも似ているな、と思いながら、私はカメラに向かってぎこちなく笑いかける。

先に取材をすませた女性ライターが、パソコンのモニターを見ながら、

「先生、本当に綺麗。本当に本当に四十七なんですか？」とさっきの成宮さんのようなはしゃいだ声をあげる。

「正真正銘の四十七です」

と言うと、カメラで顔を隠していたカメラマンが、

「僕と同い年なんて信じられないなあ」と半ば、あきれたような顔でつぶやいた。三十代のときの美容整形（これは柳下さんにしか話していない）、レーザー治療、ボトックス、ヒアルロン酸、半ば、自分の顔を実験台にして生きてきたのだから、若く見えないほうがおかしい。

この女性誌の読者層はｏｖｅｒ40で、毎号、「人気美容皮膚科のおすすめ施術！」という見開きのページがある。四、五人の美容皮膚科医が月ごとに替わるが、私も二、三ヵ月に一度は登場していた。

「やっぱり、読者よりも年上の先生がこんな綺麗でいらっしゃる、ということが読者の方たちの興味をひくし、力にもなるんですよね」

ライターというのはつくづく、筆とともに舌も滑らかな仕事だと思うが、そう言われて悪い気はしない。

「写真、チェックしますか？」

カメラマンにノートパソコンのモニターを向けられる。

「いいえ、そちらで写真を選んでくだされば」

私が口を開くと、

「写真のチェックは私がします！」と柳下さんが半ば叫ぶように口を開いた。

「え、ええ、じゃあ、彼女に写真を選んでもらって……」

やれやれ、という言葉を飲み込みながら、モニターに顔をくっつけるようにして凝視している柳下さんを見、ライターの女性と軽く目配せをした。

取材が終わっても、午後三時からの診察にはまだ少し間があった。デスクでカルテの整理をしていると、柳下さんがコーヒーを入れたマグカップを手にしながら診察室に入ってくる。

「先生、もう少し貪欲になってくださいよー」

「え?」

「先生の顔写真の善し悪しで患者さんの数も変わるんですよ。この前の取材のときだって、先生みたいになりたい、って患者さん、すごい増えたじゃないですかー」

そうだった。ちょうど雑誌が発売されたのが、連休明けのことで、私と三人のスタッフではさばききれないほどの患者さんの予約が殺到したのだった。そうはいっても、私を含めて四人で受け入れることができる患者さんの数には限りがある。施術がおざなりになることも嫌だった。オーナーの佐藤直也から、患者の数を増やせ、と直接言葉で言われたことはないが、先月会ったときには、スタッフの数を減らすか、スタッフの給与をもう少し下げることはできないか、と言われたことがある。それだけは即座につっぱねた。それなら、自分の給与を下げてもらってもいい、とまで言った。

「経営はね、女の子の仲良しグループじゃできないんだよ」

それだけ言って佐藤直也は黙ってしまった。今日もそのことについて何か言われるのではないか、それを考えるとこめかみのあたりに鈍痛が広がっていくような気がする。

「まあ！　先生、今日はいつもより特別に綺麗！」

開院以来、通ってくださっている箕浦《みのうら》さんという女性が診察室に入ってくるなり声をあげた。

「そのルージュ、すごい似合ってらっしゃる。それくらい派手な色のほうが先生のお顔にはいいわよ」

そう言いながら、デスク横の丸椅子に座る。

箕浦さんは七十代の女性だった。皺《しわ》は自然現象だから皺取りには興味はないが、シミだけは汚らしく見えるので、綺麗にしたい、といらしたのが最初だった。それ以来、継続的にこうして通ってくださっている。彼女もまた、七十代には見えない、五十代後半と言ってもいいのではないか。一人暮らしで不動産業をしているということは彼女の話を聞いて知っていたが、他の患者さん同様、私のほうからそれ以上のことは立ち入って聞いたことはなかった。

「今日もいつものレーザーフェイシャルでよろしいですか？」

「ええ、それと、今日はね、それにくわえて、ほら、この手の……」

そう言って箕浦さんが両手の甲をこちらに差し出した。ネイルも定期的に通われているのだろう。柘榴《ざくろ》色のネイルにワンポイントのスワロフスキーがよく似合っている。

「血管が目立っていかにもおばあさんの手じゃない。これをなんとかしたくて。目立つシミはいくつか先生にレーザーでとっていただいたでしょう。……いつか、先生がブログで書いていたじゃない。手にヒアルロン酸打つのがいいって」

HPを見てやってくる患者さんの多くは、私やスタッフが書くブログの文章を本当によく読んでいる。箕浦さんは私の母より年下ではあるが、七十代の女性がパソコンに慣れ親しみ、HPやブログをチェックしている、という事実には毎度のこと驚かされる。

「ああ、私の母はパソコンにすら触れたことがないだろう。あの写真、私の手なんですよ。ほら」

そう言いながら、私は手の甲を箕浦さんに差し出した。

「あら、そうだったの」

箕浦さんが私の手をまじまじと見つめる。

「麻酔クリームも必要ないですし痛みもありません。手の甲の凹《くぼ》みの深さや形状に合わせて、ヒアルロン酸を注入していきます。片手で十分くらいでしょうか。直後から効果はわかりますが、時間とともに自然に馴染んでいきます。内出血が出ることもありますが、一週間もすれば目立たなくなります。まれに痛みや赤み、これはほんとにレアケースですが血管閉塞による組織壊死《えし》というものも報告されています」

医師として副作用について説明する義務はあるが、箕浦さんは私の話の後半はもう耳に入っていないようだった。

「あと、費用なのですが、両手でヒアルロン酸を二本ほど使いますので、施術料と併せて二十五万円になりますね」

「いいのよ、値段なんて。このしわくちゃな手が綺麗になるのなら」

箕浦さんは私がすすめた施術はほとんど断ったことがない。自宅がこの近所にある、というだけで、かなりの資産家であるということは想像できるが、手の甲の血管を目立たなくするためだけにぽんと二十五万円を払える彼女の生活、というものがふと頭をよぎる。私はその想像を自動的にシャットダウンさせる。

「それでは同意書をお読みになって、わからないことがあったらお聞きになってください」そう言って差し出した書類をよく読みもせずに箕浦さんはサインをする。副作用も説明したし、これでいいのだ、と自分を納得させて、

「じゃあ、さっそく始めましょうか」と箕浦さんに笑顔を返した。施術は三十分もかからず終わった。

「これで、孫にしわくちゃな手！　なんて言われずにすむわ」

箕浦さんは上機嫌だった。

「先生は魔法使いね」

そう言ってスタッフに黒いカードを差し出す。

「一回払いで」

その声も心なしか弾んでいるように聞こえる。

女の、若返りたいという欲望には底がない。年齢不詳の女を自分の手が作り出しているという自覚はある。箕浦さんが言うように魔法使い、とまでは思わないが、女たちの欲望に自分の技術を使って応えているというプライドと自負はある。加齢による見た目の劣化、という呪いから女たちを解き放つことができているとするなら、美容

皮膚科医になってよかったと、心からそう思う。

そもそも、このクリニックで美容皮膚科医をしていなかったら、私はあの人と出会うこともなかったのだから。

佐藤直也に指定された渋谷駅直結のホテルの高層階に向かった。着物姿の女性に佐藤直也の名前を告げると、渋谷の地名がつけられた個室に案内された。戸を引くと、窓のほうを向いていた佐藤がこちらを向いて軽く微笑《ほほえ》む。笑うと目がなくなってしまうその笑顔はどこか老いた柴犬を思わせる。

「今日はなんだか雰囲気が違うねえ。まあ、座って」

向かいの席をすすめられ、私は言われるままに座る。

テーブルの横はすべてガラス窓で渋谷の夜景が一望できた。最初にこの店に来たときには、まるで子どものように窓ガラスに顔をつけ、この夜景のすばらしさを幾度も口にしたものだったが、今はもう私の心にはさざ波すら起こらない。

「最初はビールでいいかな。料理ももう運んでもらおう」

店の女性にそう言うと、佐藤直也がまるで愛娘《まなむすめ》を見るように私の顔を見つめる。その視線に耐えきれずに、私は思わず言い訳のようなことを口にしてしまう。

「今日は雑誌の取材があったんです。それでヘアメイクをしてもらって」

「僕に会うためじゃないのか」

そう言って佐藤は笑う。

「雑誌の取材はひとつも断ってはいけないよ。君が露出することはすなわちクリニックの広告だ。美しくなりたい、という患者さんが君を見つける。君のクリニックに駆けつける。君の顔はクリニックの広告塔なのだから、いつも綺麗でいなさい。診察中もだ」

断言するようにそう言われると、いつもは忘れがちな佐藤が私の雇い主なのだ、ということを再認識させられる。佐藤が上でその下に私がいる。毎日、院長、院長と呼ばれて忘れそうになるが、佐藤に会うたび思い知らされるのは、その事実の重さだ。戸が引かれて、ビールと先付けが運ばれてきた。私が手を伸ばす前に佐藤が私と自分のグラスにビールを注ぐ。

「まあ、まずは飲もう。今日も忙しかったんだろう。おつかれさま」

そう言って佐藤はグラスを掲げる。薄張りのグラスに口をつけ、ビールをひとくち飲むと、冷たいはずなのに、胃のあたりに灯《あか》りが灯ったように温かくなった。

私は確かに今日もよく働いた。働いたあとのよく冷えたビールはおいしい。けれど、佐藤が今日何をしていたか私は知らない。父親ほど年齢が違うということ、資産家であること、いくつかのクリニックの経営をしていること、私が知っている佐藤直也という人間のデータは驚くほど少ない。左手の薬指に結婚指輪はない。けれど、いつか口にした、息子が、という言葉で子どもがいることを知った。

「君はそもそもどうして皮膚科医になろうと思ったのか？」

挨拶すら満足に交わさず、佐藤に会ったときに最初に聞かれた質問がそれだった。

「重篤な患者もおらず、急患が飛び込んでくることも少ない。命に関わることがない医療だからです」

君は正直な人間だ、と佐藤は笑った。

その言葉に嘘《うそ》はなかった。医師として誰かの命を救いたい、などと今まで一度も思ったことはない。そんなことが自分にできるとは思いもしなかった。なぜだか勉強だけは子どもの頃からできて、将来なるのなら、弁護士か医師か、と漠然と思っていた。高校生のとき、いよいよ進路を決めるぎりぎりの時期になって、私はサイコロをふたつ振った。出た目の合計が偶数なら弁護士、奇数なら医師。それだけの理由で医師を選んだ。

皮膚科医として大学病院に勤務していた頃、世間が想像するような額の給与は与えられていなかった。それでも皮膚科医としての仕事はもう目をつぶってもできるくらい、私の医師としての腕は熟練していた。ここまできたのならいっそ次のステップに進みたい。開業をしたい、という思いは四十過ぎに離婚をして、より強くなった。

都内で一番偏差値の高い中高一貫の私立校に進んだ玲には、どんな教育でも受けさせるつもりだった。彼が希望をするのなら院にも、留学もさせる気でいた。だが、彼が中学三年の頃に、母がアルツハイマーを発症した。日々、病状は悪化した。仕事をしながら介護などできない。老人介護施設に入れる必要があった。玲の学費と母親の介護費、そのふたつが離婚した私の肩にのしかかってきた。けれど、皮膚科として開業したとしても、それをまかなえる自信が自分にはなかった。

その頃、都内には数えるほどしかなかった先輩の美容皮膚科クリニックに勤務したあと、先輩の派手な暮らしぶりをみて、自分もクリニックを持ちたいと強く願った。皮膚科医よりも、美容皮膚科医のほうが稼げる、と確信した。

しかし、ざっと見積もっても開業には六千万はかかる。購入したマンションのローンの返済すら危うい自分には、そんな金額は用意できない。その頃、大学の同級生で美容皮膚科を開院した友人に紹介されたのが佐藤直也だった。渋谷の高級住宅街にオープンするクリニックの美容皮膚科医を探している、と聞いた。

「なぜ皮膚科医になろうと思ったのか？」という質問のあとに、佐藤は、「毎月、いくら欲しいのか？」と尋ねてきた。金額を口にするのはためらわれた。私はバッグから手帳を出し、ブルーブラックのインクの万年筆で数字を書き、佐藤の前に差し出した。多すぎる額だとは思ったが、それほどのお金がその頃の私には必要だった。

「月に一度、仕事の話のあとに僕とつきあうのなら」

そう言って、佐藤は私の手から万年筆を受け取り、七桁ある数字の上から二桁目の数字を増やした。

佐藤の提案に悩まなかった、といえば嘘になる。愛人契約のようなものなのだ。そんな噂《うわさ》はいくつも耳にしていた。オーナーと雇われ医師が、実は愛人関係である、という噂。金で雇われ、金で買われる。当然、佐藤の提案も肉体関係を結べ、ということなのだろうと思っていた。私は無言でその数字を見つめていた。

「君が考えているようなことを僕が君にすることはない。ただ、月に一度、食事をして、ホテルの部屋で君とベッドに寝そべりながら、たわいもない話をしたい。死に行く老人の願いを月に一度、叶えてくれるだけでいい」

そう笑いながら佐藤に言われてももちろん素直にそうですか、と思ったわけではない。それでも、私はその条件をのんだ。柴犬のように笑う佐藤の笑顔になぜだか嘘がないだろう、という気がしたのだ。

最初に佐藤とホテルの一室に入ったときの緊張は今でも覚えている。

佐藤は部屋に入ると、上着を脱ぎ、靴下を脱ぎ、ネクタイを緩めて、すぐさまベッドに横たわった。立ち尽くす私に、さあ、君も、というように、自分の隣を手で叩く。私も靴を脱いで佐藤の横にゆっくりと横になった。佐藤が話を始めた。そう、それは本当にたわいもない話だった。佐藤が家で飼っている猫の話、つまらなかった会食の話、最近見た映画の話。いつ終わるともしれない佐藤の会話を、私はただ黙って聞いていた。会話の途中でふと、佐藤が私の手をとり、その指を撫でることもあったが、ただ、それだけのことだった。毎回、会うたびに、何かされるのではないか、と思ったが、それは杞憂《きゆう》に終わった。

時折、佐藤は私に仕事のアドバイスめいたことを口にすることもあった。

「注入治療はやり過ぎてはいけない。俳優やタレントを見て、君ならすぐに気づくだろう。こいつ、入れたな、と。人から見て、すぐにわかるようならやり過ぎなんだ。あくまでも自然に、ごく少量に。君はふだんの生活で何を見て美しいと思うか？」

その問いにすぐには答えられなかった。黙っていると、佐藤が私の手をとり、撫でた。

「君の手は美しい。年齢相応だ。働いてきた女性の手だ。僕の母の手とよく似ている」

「ああ、虹が……」私は慌てて口を開いた。

「虹？」

「ええ、昨日の夕方、豪雨が降ったあとに、クリニックの窓から二重の虹がほんの一瞬だけ見えたんです。虹なんか見るの久しぶりで、みんなで写真を撮りました」

「そうして、それをＳＮＳにアップした」

図星だったのでバツが悪かった。

「本当の美しさはネットには存在しない。美しさをスマホのカメラで切りとってはいけない。誰かの視線で物を見てはいけない。誰かが風景から切り取った残酷な欠片《かけら》を美しさと勘違いしてはいけない。どんな美術展でも美術館でもいい。少しでも多く足を運びなさい。歌舞伎や能や文楽でもオペラでもバレエでもいい。生でその美しさを君の網膜に直に焼き付けなさい。美容皮膚科医は、いったい何がこの世で美しいものなのかを考える哲学者でもあるんだ。僕の言うことを聞きなさい。君は一流の美容皮膚科医になるんだ。わかるか？」

私はただ頷くしかなかった。佐藤はひととおりの話を終えると、かすかに寝息を立て始めた。私はこのあと、いったいどうしたらいいのだろう？　と思いながらも、佐藤を起こさないように、佐藤の体の下にあった掛け布団をそっとずらし、佐藤の体にふわりとかけた。ふーっと息を吐いて、冷蔵庫に入っていたペットボトルの蓋を開け、一気に飲んだ。喉が鳴る。自分がひどく緊張していることがわかった。これくらいのことなら、たわいもないことだ。佐藤の話を聞いているだけでいい。それで、私はあの金額を手にすることができるのだ。首をぐるりと回すと、こくり、と鈍い音がした。体をかわす必要はない。そのことに私はひどく安堵していたが、それでも、体と心はひどく疲れていることに気づいた。そのとき、私の頭にひどく残酷な四文字が浮かんだ。老人介護。介護だと思えばいい。佐藤の食事につきあい、とりとめのない話につきあう。それだけで、私は美容皮膚科の院長と名乗ることができる。スタッフの給与を遅れることなく払うことができる。玲の学費や、母の施設のお金や、自分が生きていくためのお金を払っても、まだ残るほどのお金を佐藤から引き出すことができる。

そんなことを部屋の窓から見える夜景を見ながら考えていると、佐藤の声がした。

「ペットボトルの水はコップに注いで飲みなさい」

振りかえると、佐藤が目を開けて笑っていた。

「ああ、もうこんな時間か」

ベッドサイドの時計を見ながら佐藤が呟《つぶや》き、体を起こした。

「老人の戯《ざ》れ言《ごと》につきあうだけでいいと、わかっただろう」

私は頷いた。柴犬のような顔で佐藤が微笑む。なぜ、自分が佐藤に嫌悪感を抱かないのか、その顔を見てわかったような気がした。今はもういない父にどこかしら佐藤は似ているのだった。


その日の夜も仕事の打合せを兼ねて食事を終えたあとは、佐藤がとった部屋に向かった。クリニックからも近いホテルだ、患者さんの誰かに出くわす、ということだけは避けたかった。エレベーターの中でも佐藤から距離を取り、ほかの客の視線を遮断するように俯《うつむ》いていた。

「君はこの一ヵ月で何か美しいものを見たか？」

それは佐藤から私に向けられる課題のようなものだった。佐藤にそう言われるようになってから、クリニックから歩いて数十分ほどの場所にあるデパートに併設した美術館には必ず足を向けるようにしていた。休みの日にも都内の美術館に出かけた。歌舞伎や能や文楽を見るのもいい、と言われてはいたものの、チケットをどうやって取ればいいかわからず、まだ、一度も見たことはなかった。そもそも、勉強だけが取り柄だった自分は、美術にも芸術にも明るくはないのだ。

「ミュシャを見ました」それはデパートに併設されている美術館で見たものだった。

佐藤はただ頷いただけだった。

「君のクリニックの近くに、美術館があるだろう」

そうして、佐藤は私も耳にしたことがある美術館の名前を口にした。

「あの美術館を建築した白井晟一《しらいせいいち》はモダニズム建築が主流だった二十世紀において、その流れに背を向けた建築家の一人だった。ほかの建築家が角のあるパースペクティブな空間を設計する一方、白井の設計したあの館はまるで洞窟のようで、ひとつも角がない。すべての場所において。直線のなかに美しさはない。美しさはすべて曲線で作られている。ミュシャの絵を見て君もそう思ったはずだ」

私は訳もわからず頷いた。

「美容皮膚科と美容整形外科とは違う、と君は思うかもしれないが、君のクリニックでは注入治療もしている。尖り過ぎた鼻を君は美しいと思うか？」

いいえ、と首を振った。

椅子に座っていた佐藤が立ち上がり、窓のそばに近寄る。私は少し距離をとって、佐藤の横に立った。

「今や美容整形クリニックは金のなる木だよ。この東京に星の数ほどある。僕もいくつか、そういうクリニックの経営に携わっている。けれど、女を美しくしないクリニックになんの意味があるだろう。眉間から盛り上がった鼻、風船のように膨らんだ唇、バスケットボールのような胸。全部間違いだ。美しくはない。何が美しくて、何が醜いのか、医師のなかで確固たる価値観ができあがっていなければ、女の顔をいじることなんてありえないんだよ。君にそういう医師になってほしくない」

はい、と答えた自分の声がかすかに掠れていることに気づいた。

「君も自分の顔をいじりすぎてはいけない。皺やシミがなさすぎる肌というのも、それはそれで不自然なものだよ。君は今のままでいい。若返ろうなどと考えるな。今の年齢で最高の美しさを。患者さんに対してもそうだ。患者の希望をすべて鵜《う》呑《の》みにしてはいけない。ストップをかけることも君の重要な役割だ」

そう言って佐藤の手が伸び、私の頬に触れた。私の体がぴくりと、かすかに震えた。佐藤の手は頬を撫で、顎に伸びる。

「ここに少しざらつきがある。明日、スタッフにでもとってもらえばいい」

そう言って笑った。佐藤の手は乾いていた。汗ばんでもいない。佐藤の年齢は多分、七十代と考えていたが、正確な年齢は知らない。自分の顔から離れた佐藤の手の甲を見た。いくつかのシミがあり、血管が浮き出ている。年齢相応の手だった。今日、やってきた箕浦さんの言葉を思い出した。もう、これで、おばあちゃんの手だって言われなくてすむわ。佐藤の手を私はヒアルロン酸の注射で若返らせることができる。けれど、それは佐藤の望むところではないのだろう。

若返りたい、という希望は、美醜にこだわる欲望は、女のほうが格段に強いと私は思う。花の命は短くて。そう、女が女でいられる時期は、女が、そして男が思っている以上に短い。そのとき、ふいに頭に浮かんだ。自分のことだ。女として枯れかけている。レーザーで肌を焼き、薬剤で表面を溶かし、皺やシミをとり、四十七歳には見えない、とまわりの誰かに言われても、自分はもう女ではないという事実にうちのめされる気がした。

私は窓の外に目をやった。いったいいつまで続くのか、無残に土地を掘り返され、何かが作られようとしている渋谷の町が窓の下に広がっていた。新しい渋谷の街ができあがる頃には自分はいくつになっているのか。

振りかえると、佐藤はベッドに横になり、目を閉じている。眠っているわけではないのだ。私はそっと佐藤の隣に体を横たえた。ふいに乱暴な想像が頭をかすめる。佐藤の体の上で、髪を振り乱し、腰をふる自分の姿だ。そんなことは死ぬまでもうないだろう、という自虐の気持ちが生まれる。自分の人生から性が消えていく。表面だけ年齢相応ではない美しさを保ちながら、私は女ではない何者かになりつつある。私はいったいどこに向かっているんだろう、そう考えると、この高層階のホテルの一室の空気がすっと重くなる気がした。

佐藤の体に身を寄せた。そんなことをしたのは、佐藤と会うようになって初めてのことだった。体臭など一切せず、汗くさくもなく、ただ、どこかスパイシーな香料の香りが鼻腔《びこう》をくすぐる。さっき見た佐藤の手が私の髪をなでる。柳下さんが巻いてくれた髪だ。声をあげて泣きたくなって、けれど、佐藤の前では絶対に泣きたくはなかった。ぎゅっと目を瞑《つむ》り、唇を噛《か》んで耐えた。

「君は頑張っている」

いつも誰かに言われたかったことを佐藤に言われて、視界に紗がかかった。

夏の終わりにお決まりのように降るゲリラ豪雨が上がり、体中の汗腺をすべて塞いでしまうような湿度の高い夕暮れが訪れた。

患者さんからの強い要望があり、内服薬と外用薬を使った薄毛治療をスタートさせ、一ヵ月が過ぎた。もちろん、その治療を開始したことをＨＰに記載した。女性だけでなく、男性の治療もお受けします、と。とはいえ、医師が女性であると男性にはハードルが高いのか、女性の患者がほとんどだった。

午後五時以降になると、会社帰りの患者さんが増えてくる。それでも完全予約制をとっているから、予診票を見て、あと三人の患者さんを診れば診療を終えられると、ほっとしてもいた。

クリニックの受付の奥に診察室があり、私が受付横にある待合スペースのソファに座っている患者さんを呼ぶ。診察室のドアが開くと、眼鏡姿の男性がマスクをして、体を小さくしている。「業平《なりひら》さん、どうぞ診察室へ」と名前を呼んだ。彼が私のデスク横の椅子に座る。三十代くらいだろうか、と予想をつけて、予診票を見た。三十三歳、会社員。上着を手にしているが、細いストライプの半袖のシャツが汗か、雨に濡れたのか、細かい皺をつけていた。緊張で体をかたくしている。受けたい治療の項目の欄では薄毛治療にチェックがつけられている。

「外で雨に降られませんでした？」

私はそう言って、彼にタオルを差し出した。驚いたような顔をしてタオルを受け取る。彼がぎごちない様子でおざなりに顔や腕を拭いた。

「ありがとうございます」張りのあるよく通る声だ。

「今日は薄毛治療ということですよね。内服薬と外用薬でよくなります。最初に血圧測定と採血をさせていただきますけれど、それは大丈夫ですか？」

彼が子どものように頷く。差し出された腕の内側の皮膚のきめの細かさに若さを感じた。ベルトを巻き、血圧を測ったあとに、注射器を用意した。彼が顔を背ける。子どものようだ。それがおかしくて笑いをかみ殺した。

「私、うまいから痛くはないですよ」

「子どもの頃から、注射が大の苦手で……」

注射器の中に濃く深い赤が満たされていく。

「はい。もう終わりです」

注射が終わって少し緊張もほぐれたのか、彼がマスクを取る。

「こういう病院に来るのも初めてなので……」

「受付も女性ばかりでごめんなさいね。男性用の待合スペースも作りたいのだけれど、何せクリニックが狭いでしょう」

そう言いながら、彼の顔を見た。眉毛が太く、髭の剃り跡が青々としている。体毛も濃いタイプなのだろう、と医師の頭で考えた。

「じゃあ、少し、頭皮のほうを見せてもらいましょうか」

そう言って私は立ち上がった。彼が頭を下げる。確かにつむじのあたりが薄くなっている。

「シャンプーっていつしてます？」

「会社から帰ったあとは死んだように眠ってしまうので、だいたい朝ですね」

「できれば夜のほうがいいですよ。髪って寝ている間に成長するので、睡眠中に髪が不衛生だと髪の成長を妨げてしまうんです。それから自然乾燥じゃなくて、ドライヤーでちゃんと乾かすことも大切」

「はい……毎朝、起きると、枕に髪の毛が落ちていて。それが恐怖で恐怖で。このあたりの毛根ってもう死んでるんですかね？」彼がつむじのあたりを指差して尋ねる。

「手術でもして皮膚同士がくっつくような場合でない限り、毛根が死ぬってことはありえません。ただ、今の状態だと生えにくくなっている、というのが現状かな」

私の話を聞く彼の顔は真剣だ。

「早く治したいのなら、メソセラピーっていう方法もあります。レーザーと超音波を頭皮にあてて成長因子を直接注入していく方法もあるんですけれど、ただ、そちらだと少し価格が」

「いや、すぐにでも治したいんです！」

「二週間に一度、通っていただくことになりますけれど、お仕事のほうは大丈夫？」

「十二月の結婚式までになんとかしたいんです！」

ああ、そういうことか、と納得した。

「じゃあ、今日から、始めましょうか」

そう言うと、彼はやっとほっとした笑顔を見せた。

半地下の施術室に案内し、診察ベッドに寝てもらい、施術を始めた。

「彼女と夏に旅行して、彼女に言われて気づいたんです。エスカレータの後ろに彼女が立っていて、ここ薄い！　って大声で。絶対、結婚式までに治してほしい、って」

彼がぽつり、ぽつり、と話をするのを聞きながら、私はレーザーを彼の頭皮に当てていく。彼に近づくと、むっとした若い男のにおいがした。

「彼女も今、結婚式の準備の真っ最中でしょうね」

「給料はたいていエステに通ってます……」

「大事な日は綺麗でいたいですもんねえ」と紋切り型の答えを返す。

結婚式前に、このクリニックに駆け込んでくる女性は多い。一生一度の晴れ舞台に最高に綺麗でいたい、という気持ちは理解できる。大事な患者さまであることには変わりないのだが、私自身は結婚式もしなかったし、ウエディングドレスも着なかった。そもそも、そんなことをする経済的な余裕がなかったし、それよりも、日々おなかが大きくなっていく自分の体で、どうやって仕事をこなしていくか、しか頭になかった。あれほど注意していたのにもかかわらず、子どもが、できてしまった。生まれてきた息子にそんなことを口にしたことはもちろんないが、想定外の妊娠だったことには間違いがない。

彼が三十三ということは私の十四歳下、ということか、とぼんやり考えながら、私は施術を続ける。その言葉を、それから自分が何度も心のなかでつぶやくようになるとは、彼と最初に会ったその日には思いもしなかった。

「親父は髪がふさふさなんですよ。だから、僕も絶対に禿《は》げるわけがないと思いこんでいて……」

「どっちかって言うと、母方の遺伝子が強く影響する、っていう説もあります」

私がそう言うと、

「ああーーー」と納得するような声を上げた。

「実家に帰るたび、洗面所に通販で買った育毛剤が並んでました」

「お母様にも来てほしいかな。こういうクリニックの院長としては。養毛剤も安いものではないでしょう？」

　少し間を置いて、彼が口を開いた。

「母は半年前に亡くなったんです」

　思わず手がとまった。

「……ごめんなさい。余計なことを言って」

「いえ、いいんです。すみません、なんか、僕のほうこそ」

　彼のほうがしきりに恐縮している。施術中に患者さんがプライベートなことを打ち明けるのは珍しいことではない。離婚、不倫、死別。そういう出来事があって、このクリニックに足を向ける患者さんは多い。そういう話を聞くことにも慣れているはずなのに、彼の母親は息子の結婚式には出られないのか、と心のどこかがかすかに痛んだ。

　施術を終えた彼はどこか晴れ晴れとした顔をしていた。患者さんをドアまで見送るのはいつものことだが、誰もが皆、来たときよりも、背筋がすっと伸び、表情は明るい。その顔を見ることが好きだった。仕事のやりがい、と言ってもいい。

　会計を済ませた彼はもうマスクをしようとしなかった。

「じゃあ、二週間後にまたいらしてくださいね」

「はい」そう言うと、彼は初めて笑った。犬のような笑顔だった。どこか佐藤直也を思わせた。チリン、とベルを鳴らして、ドアを閉める彼の背後に、夏の夕暮れの空が広がっていた。

「あの人、いい感じの人ですねえ」

診察室に戻ると、次の患者さんの予診票を持って来たスタッフの下田さんがどこか夢見がちな声でささやく。

「ああいう人がタイプなんだ」私は茶化すように言った。

「なんか、いい人そうだし」

「だけど、冬に結婚されるそうよ」

「ちぇーっ」と下田さんが口を尖らせる。

「いい男は足が速いですねえ」

「そんなこと言っていないで、次の患者さん呼んで」

「はーい」と間延びした返事をしながら、下田さんが診察室を出て行く。

結婚式を控えたただの患者さんの一人。そのときは私だってそう思っていた。彼と深い縁を結ぶことなど想像もしていなかった。

月に二度は奥多摩《おくたま》にある老人介護施設に通っている。母に会うためだ。自宅から電車で二時間ほどかかる。最初、ここに母を預けたときは、山に母を棄てたような気分にもなった。けれど、自宅から遠く離れている、ということが私にとっては重要なことだった。万一、母の体調が急変したとき間に合わないかもしれないくらいの距離。その距離が私には必要だったのだ。

施設のなかに入ると、テレビのあるラウンジのようなところで複数の老人たちがぼんやりと過ごしている。皆、同じようなトーンの服を着て、同じように背中は曲がり、同じように短く髪を切られているので、男女の区別もあまりわからない。私はそのなかから、車椅子に乗った母を見つける。母の手元には毛糸の束がある。白い毛糸が一本、右手のひとさし指に巻かれているが、母はそのことにすら気がついていないようだった。

案内してくれた介護士の若い女性が、

「ご体調がいいときは指編みというのをされているんですけれど、今日はあんまり興味がないのかな」

と、まるで幼児に語りかけるようにして母の顔をのぞきこむ。彼女が靴音を立てて行ってしまうと、私は近くにあった丸椅子を母の車椅子に寄せて、そこに座った。

「お母さん、奈美《なみ》だよ」

そう言っても母は何も反応しない。補聴器をつけているのだから聞こえているはずだが、母はただ、どろりと濁った瞳を空中のどこかに向け、口を半開きにしている。

私が憎んだ母親という存在がこの人であるはずがない。

若い頃の母は激しい気性の人だった。口を開けば祖母や父に対する呪詛《じゅそ》の言葉が飛び出した。私はそれを聞きながら育った。諍《いさか》いの多い家だった。祖母に溺愛されて育った父は、祖母側の人間だった。祖母の溺愛にも理由があった。父の弟にあたる叔父を生まれてすぐに亡くしている。相手を真綿にくるみ窒息させてしまうような愛し方は、たった一人の孫である私にも向けられた。私は物心つくまで、祖母が母だと思っていたくらいだ。小学校に入るまで、祖母の布団で寝ていた。たった一人の娘をとられた、という思いは母のなかでねじれ、その鬱憤《うつぷん》は溜まり、祖母や父を罵倒する声に変わった。母の口数は多く、祖母や父を攻撃したが、祖母はたった一言で母を負かすようなこともあった。母は北陸の出身だが、母がなにかしらの粗相をすると、

「これだから、田舎《いなか》の人は」と母に聞こえるように私に向かって言った。

祖母、父、母の諍いで、私は母の側についたことがない。それも母を孤立させた原因であったと思う。サラリーマンだった父がいない昼間は、祖母も母も目を合わせよ

うともしない。私が帰ってくれば、二人で争うように世話を焼き、父が帰ってきてもそうだった。私と父は左右の腕を、祖母と母とに引っ張られて、右往左往していた。それがあの家の日常だった。

　そんなふうに私は育った。母はある日突然、家を出た。母の鬱憤はもう決壊寸前のダムのようになっていたのだと思う。母はある日突然、家を出た。私は高校生になっていた。母にとっては自分の実家に帰って、父と祖母との関係を冷却する期間、と思っていたようだが、祖母は母が私を残して家を出たことを絶対に赦《ゆる》しはしなかった。祖母にとっては、母を追い出す絶好の機会だったのだと思う。正直なところ、母が家にいなくなっても、まだ若い祖母がいたから、私の生活が激変することはなかったし、母がいなくなって寂しい、と思ったことがない。そういう自分のことを冷たい人間だとも思わないくらい、私のなかでは、母は存在の薄い人間だったのだ。祖母が言う、「あの人は子どもを置いて出て行くような冷たい人間」という言葉を疑うこともなかった。

　その後十数年を経て、母に再会してから知ったことだが、母は何度も私の家を訪れ、私を引き取ろうとした、らしい。手紙や贈り物もしたのだ、と聞かされたが、それが私に渡されることはなかった。私の目に触れる前に祖母が処分したのだろう。私が知らない間に両親は離婚し、そして、私は母のいない子どもになった。

私が大学に入った年、祖母が吐き捨てるように言った。

「再婚したらしいわよ。ひとまわりも下の男と」

なんて気持ちが悪いんだろう。私が思ったことはそれだった。私は十八で処女だった。恋人もいない子どもだった。それは生まれて初めて母という人間に抱いた強い感情なのかもしれなかった。私の価値観は祖母に染められていたし、色恋沙汰のことなど、何ひとつわかってはいなかった。

私は自分の人生から母を切り捨てた。実際に捨てられたのは私だった、とは思いもしなかった。

その後結婚をして、出産をして、なぜ、その母と再び会ってみようと思ったのか。今になってもよくわからない。魔が差した、としか言いようがない。玲を産んだ直後でホルモンバランスが狂っていたせいか。産後鬱になりかけていたからか。子どもの父親の両親は高齢で、すでに二人とも他界していた。私の祖母も父も他界していた。この子には祖母も祖父もいない。特に、子どもの父親が仕事でいなくなった昼間、玲と二人だけで過ごしていると、わけもわからず不安が募った。この子には、普通の子どもより、もらえる愛情が少ない。そう思ったら、玲を抱きながら涙が出た。

その頃、どこでどう調べたのか、叔母から私の家に手紙が来ていた。

「姉は今でもあなたのことを心配しています」

そう書かれた手紙の最後には母の連絡先と電話番号が記されていた。私は泣き止まない玲を抱きながら、震える指で母に電話をかけたのだった。

母はその頃、私たちが住んでいた杉並《すぎなみ》の古ぼけたコーポに、タッパーに入ったお総菜、子どものおもちゃをバッグいっぱいに詰めてやってきた。

「十何年ぶりかの再会だったのに、あっさりとしたものだったよ」

そう子どもの父親に伝えたが、実際のところ、私は深く安堵していた。玲には祖母がいる。それだけで、万一、私に何かがあったときにも、母が助けてくれるだろう、とそう思えた。母のほうも私にただならぬ雰囲気を感じ取ったのだろう。玲が保育園に入るまで、月に一度、まるで保健師さんのように家を訪ねてくれるようになった。

心のなかでは、この人は母ではない。私を捨てた人だ。そう思っているのに、それでも母がやって来る日をまちわびるほど、その頃の私は孤独だった。仕事からも、世間からも取り残され、公園のママ友に混じる勇気もなかった。

母の家に招かれたこともある。母が再婚をしたその人は、どうしてこの人はこんなに年上の母を好きになったのだろう、と思えるほど、純粋で人間的な汚れのない人だった。彼が母を心底愛している、ということは、二人のそばにいればわかった。私の父とは築けなかった関係を母はこの人と築いている。母は年齢相応に老けていた。その頃、多分六十を過ぎたくらいだったと思う。それでも、その人との年齢差を感じなかった。恋というものが、愛しあうということが、二人の人間をこんなにも輝かせるということを、私は二人から知った。けれど、母への思いはまだ、ねじれて、私のなかで燻《くすぶ》っていた。その頃から、私と子どもの父親との関係には、かすかな亀裂が入り始めてもいた。私を捨ててこんな幸せな暮らしをしている母を、私自身、母になっても、女として妬んでいたのだ。

母と母の夫に愛されて育った玲は、彼らにとって健やかな孫であった。私の祖母の感情を、私がそのまま享受したように、私の母への思いも息子に伝わってしまうのか、玲はどこか母には一線を引いているようなところがあった。けれど、母の夫をおじちゃんと呼び玲は慕った。母の夫も玲を溺愛した。何も言わなければ、彼らの間に血縁関係がない、ということを信じてもらえなかっただろう。玲が中学二年の年、交通事故で彼が亡くなり、いちばんに声をあげて泣いたのも息子だった。

「おじちゃんは自分の父親よりもお父さんという感じがする」

と、一周忌のときに彼は誰に向かって言うでもなく呟いた。

連れ合いを亡くしたあと、母は生まれて初めての一人暮らしを始めた。異変があらわれ始めたのは四年ほど前のことだ。私や玲の名前が出てこない。顔を忘れる。病院嫌いの母を無理矢理に連れて行った病院で認知症と診断された。仕事をしながら介護をする、という選択はなかった。大学時代の後輩のつてを頼って、なんとか老人介護施設に入れた。どこかでほっとしてもいた。母は最愛の夫に看取られることはなくなった。もし、それを目の前で見せられていたら、私はまた、娘ではなく、女として、母を妬むだろうと思った。

母を老人介護施設に連れて行った日、あなたの最期にふさわしい場所だ、という残酷な思いがわき上がってきた。

目の前の母は毛糸をひとさし指にくるりと巻き付けたまま、口をもごもごと動かしている。私は母の顔に耳を近づける。意味をなさない言葉の羅列が私の鼓膜を震わせる。母に聞きたいことは、確かめたいことは山ほどあったはずなのに、母はもうはっきりとした意識のある人間ですらない。

ねえ、お母さん、私を置いて出ていったとき、どんな気持ちだった？

ねえ、お母さん、若い男と再婚したとき、お父さんに復讐した気持ちになった？

「そろそろ休憩しましょうか？　娘さんに会えて良かったですね」

若い介護士さんが母の車椅子を押してラウンジから廊下へと向かう。見るたびに小さくなっていく母の体を見ながら思う。あれは自分の未来だ、と。憂鬱な気持ちになりながら、強く自分のなかで浮かびあがってくる言葉があった。

私は女としてもう一度生きてみたい、と。このまま年齢を重ねて自分のことすらわからなくなってしまうのは絶対に嫌だった。母はもうすべての記憶を忘れ去っているかもしれないが、最後に愛した男との日々は彼女のどこかに堆積されているはずだ。私が今のままであるのなら、元の夫とのガラクタのような記憶を抱えて死んでいくだけだ。それだけは絶対に嫌だった。母にすら負けている。そう思う自分を滑稽に思いながらも、それでも私は思った。もう一度、女になりたい、と。


業平公平《こうへい》は二週に一度、主には水曜日の午後六時過ぎにクリニックにやってきた。たわいもない世間話をする。施術をする。ほかの患者さんに対する態度となんら、変わりはしない。私に最初から彼に対する恋愛感情があったわけではない。神に誓ってそうだ。季節はうんざりするような残暑を経て、秋らしい秋はなく、いきなり冬を迎えつつあった。

「結婚式もうすぐですね。準備で大変な時でしょう」

まるで自分もそういう体験があるかのように私は彼に言った。

「ええ、まあ……」

それだけ言って口ごもる。聞いてはいけないことを言ってしまったか、と心の中で詫《わ》びながら、私も口を噤《つぐ》んで施術を続けた。その日を最後に彼はクリニックに姿をあらわさなくなった。そういう患者さんは珍しくない。コースで高額な治療費を払っているにもかかわらず、途中で脱落するように彼らは二度とクリニックにあらわれない。院長になった当時は何が気にいらなかったのか、とくよくよ悩んだものだったが、まるでそういう患者さんを補うかのように新規の患者さんはやってくる。老舗《しにせ》のウナギ屋のタレのように、決して減ることはない。去る者は追わず、と私は心に決めて、日々の治療を続けていた。突然いなくなる患者さんと同様に、彼のことも日々が経つにつれて、私の脳からどこかに消えさっていった。

夏に取材を受けた女性誌に記事が掲載されたあとの患者の増え方は、私を含め、スタッフ全員を疲弊させるのに十分なものだった。それでも、日中にやってくる患者さんはなんとかさばくことができた。問題があるとすれば、会社勤務を終えてからやってくるOLやサラリーマンなどの患者さんが急増したことだった。時短勤務の柳下さんがいなくなると、途端に流れるような作業が途絶えてしまう。下田さんも成宮さんも仕事には慣れていたが、柳下さんほどには患者さんのさばき方がうまくはない。クレジットカードでの支払いの段取りに手間取ったり、患者さんの前後を間違えるミスが多発する。それをフォローするのも自分だった。柳下さんさえいれば、と何度思ったかわからない。

自分のミスは棚にあげて、

「柳下さんがいないからこんなことになる」と下田さんが口にすることもあった。彼女をなだめるのも私の仕事だった。午後七時までの開院時間をもう一時間延ばしたほうがいいのか、それともスタッフの数を増やしたほうがいいのか。下田さんと成宮さんには申し訳ないが、正直なところ、柳下さんだけは失いたくなかった。けれど、保育園のお迎えがある彼女の勤務時間を延ばすことはできない。それでも、この患者の増え方も多分、一時的なものだから、佐藤直也に相談するのは、もう少し先でもいいだろうと、私は考えていた。

クリニックを午後七時に閉めても、私にはやることが山ほどあった。カルテ整理を始めとする煩雑な業務。それをこなしてから、家に帰るのが常だった。

そんな最中にひとつの小さな事件が起こった。クリニックの休院日は日曜と木曜だが、水曜日の午後四時半過ぎ、突然のキャンセルが入り、ぽかりと空いた時間のことだった。声はスタッフルームのほうから聞こえてきた。音量は小さいが言い争うような声だ。私は慌てて診察室を出て、半地下の施術室の奥にあるスタッフルームに向かった。柳下さんと、スタッフのなかでいちばん若い下田さんが向かい合い、目を合わせている。私の姿を認めると、二人はお互いから目を逸らした。

「何かあった？」

「なんでもないんです」

柳下さんが笑顔を作る。

「なんでもないっていう声じゃなかったよ」

私は道化になって笑いながら尋ねた。下田さんが私の顔を見た。週に一度、スタッフミーティングを行ってはいるものの、そこでは誰も問題らしい問題を提示しない。「もっと何か言いたいことはない？　小さなクリニックだし、遠慮なくみんなの意見を聞かせてほしいな」と投げかけてはみるものの、皆、黙ってしまう。これじゃ小学校の学級会だ、と思いながら、必要事項だけを伝えるのが常になっていた。

「下田さん、何か言いたいことがあるんじゃない？」

「…………」そう尋ねても、彼女は押し黙っている。しばらくの間、重苦しい沈黙が流れた。

「柳下さんが……」

「うん」

「先生、柳下さんがいなくなったら困るけれど、私がいなくなっても困りませんよね」

そう言って俯いてしまった。彼女の言う通りだ、と思いはしたものの、そんなことはどんなことがあっても言えない。私はちらりと、腕時計を見た。もうすぐ午後五時だ。

「柳下さん、もう上がる時間だよね。もうここはいいから」

「でも……」

「お迎え間に合わなくなっちゃうよ」

「は、はい。じゃあ」

柳下さんがスタッフルームを後にした。私と下田さんの二人きりになる。

「なんでも話してほしいかな。もう誰もいないんだし……」

私は彼女に椅子をすすめ、自分も彼女の前に座った。

「先生、このクリニックって私がいなくても成立しますよね？」

「そんなことはないよ。なんでそんなふうに思うの？」

「患者さんも柳下さんがいるからここのクリニックに来る、って方も多いですよね」

「それは確かにそうだね。彼女が前に勤めていたクリニックの患者さんもいらっしゃるしね。彼女はキャリアも長いし……」

「先生、私、ほかのクリニックで働こうか、と思っているんです。そういうお誘いがあって」

美容皮膚科クリニックではよくある話だ。スタッフの引き抜き。ひとつのクリニックで勤め上げた、というスタッフのほうが少ないのではないか。高い給与、福利厚生、そうしたものにつられて、回遊魚のように、クリニックを替えるスタッフは一定数存在する。女の世界だ。いじめ、人間関係のトラブルに耐えられなくなって、この業界を後にする、というものも多い。

「給与に問題がある？」

「時短の柳下さんより少ない、というのは、私は納得できません」

彼女が柳下さんの給与を知っているはずがない。どこで、それを知ったのか。柳下さんが口にしたのか。だが柳下さんにはクリニックのスタッフ以上の働きをしてもらっている。時短勤務とはいえ、下田さんより、柳下さんの給与が高いのは当たり前のことだ。そういうことを彼女の気に障らないように言葉を砕いて語りかけたが、彼女の反応は薄い。

辞めたいなら辞めてもらって構わないんだよ。どこのクリニックでもたいして変わらないよ、という言葉が喉まで出かかるが、それは絶対に口にできない。スムーズな施術を受けてもらうために、今のスタッフ体制に自分がどれだけ心血を注いだか。それをまた、一からやり直すのかと思うと、軽いめまいを感じた。彼女は押し黙ったまま。伏せた目のマツエクのボリュームが彼女の若さを物語っている。

「ねえ、もうこのあと、患者さんの予約もないし。少しお酒でも飲まない？　ゆっくり話もできるだろうし」

「先生、私、仕事以外で職場の人と時間を過ごすの嫌なんです」

ああ、そうだった。彼女はそういう世代だった。自分ははっきり昭和の人間なのだと思い知らされた。それに今日は休日前だ。何か予定があるのかもしれない。三十三歳の成宮さんなら、無理をして短時間でも私につきあったかもしれない。けれど二十八歳の彼女にはそういう手は使えないのだった。もう幾度もしている失敗をまた、繰り返してしまった。

「じゃあ、今日はもう帰っていいよ。あとは私、一人でできるし。詳しい話はまた後日、ゆっくり聞くね。成宮さんにも今日はもう帰っていいと伝えて」

「はい」と小さな声で答えたあと、下田さんは部屋を後にした。

両手を組んで、頭の上に上げ、ぐっと伸びをした。お酒を飲みたい、と思っているのは自分なのだ、と、はっきりわかった。そう思ったのに、自分には「ねえ、今日、一杯飲まない？」と言える友だちがいない。昔から友人は多いほうではなかったが、友人と過ごすことの楽しさよりも一人でいることを望んでしまう自分もいるのだった。駅近くのホテルのバーで一杯だけ飲んで帰ろうか、そんなことを誰もいないスタッフルームでぼんやりと考えてもいた。

その日最後の施術は午後五時半に終わった。残りの雑務はもう家でやろうと、カルテや大量の資料をバッグに詰めて、クリニックを飛び出した。しばらく歩くとデパート併設の劇場が見えてくる。どうやらバレエの公演があるようだ。一瞬バレエでも見ようか、と思ったものの、当日券を買う人たちが列をなしている。それならば、美術館のほうに行こうと、エスカレーターで地下に降りた。佐藤直也に言われた、美しいものを見なさい、という言葉も頭のどこかにあった。『ピーターラビット展』のポスターが至るところに貼られている。佐藤直也はこんな展覧会は絶対に見ないだろう、と思いながらも、自分には理解不可能な芸術を見る気分でもなかった。ウサギの絵なら、大量に見ても肩は凝らない。今日の気分にふさわしい。そう思った。入館は午後六時まで、と言われ、慌ててチケットを購入した。

子どもの頃に手にしたことがあるような気がするが、ピーターラビットの本をちゃんと読んだことはない。玲に買ったこともない。閉館時間が迫っていたせいもあるが、私はひとつひとつの絵に足を止めることもなく、流れるように歩いた。人は数えるほどしかいない。

その後ろ姿に気づいたのは、彼の頭頂部が会場のライトに照らされていたからだ。途中で来院しなくなったとはいえ、複数回、自分が施術した頭皮はなかなか忘れられるものではない。な、という文字がまず頭に浮かんだ。な、のつく姓ではなかったか。頭頂部は確かにライトに照らされると、その薄さが目立つが、禿げている、というわけでもない。後をつけるつもりもなかったが、途中で行くことを放棄した（しかも薄毛治療の）クリニックの医師に出会うのは彼にとっても、気持ちのいいものではないだろう、と思い、彼を追い越さないように私は距離をとって絵をじっくりと眺めている振りをした。

時折、先を行く彼に目をやるが、同伴者がいる様子もない。若い男性でもピーターラビットの原画は見たいものなのか、と思うと、それが少しおかしくもあった。展示されている絵はそれほど多くはないので、すぐに出口近くのミュージアムショップに出てしまった。彼はピーターラビットの絵のついたマグカップを手にしてじっと眺めている。彼自身が使うのか、それとも、彼女の……。と思っていたときに、彼が顔をあげた。あ！　という顔で私の顔を見、バツの悪そうな顔をした。母親に叱られた子どものような顔だ。

彼が会釈をする。私は笑顔を返した。何も咎《とが》めてはいない、という表情で。もう彼とは医師と患者、という関係ですらないのだから。

濃くて熱いコーヒーが飲みたかった。ミュージアムを出たあと、併設のカフェでコーヒーを飲もうと足を向けた。できれば店の奥の席が良かった。すすめられるまま、ソファ席に座る。隣に彼がいた。スマホを手にしてぼんやりとしている彼が私の顔を見て、また、ぎょっとした顔をした。後をつけた、とは思われたくない。

「席を替わりますね」そう言って店員を呼ぼうとすると、

「いや、だいじょうぶです」と彼が低音のよく響く声で言った。私と彼は隣合って座った。彼もコーヒーを頼んだのか銀色のポットが目の前にある。私は用もないのにスマホを出して眺めた。スタッフ同士のグループLINEはあるが、クリニックを出てからは誰も何も発信していない。もし、さっき下田さんが言ったように、私のクリニックを辞めるのならば、新規のスタッフを雇うしかない。スタッフ同士の関係はすぐに良好になるわけではない。クリニックにとってスタッフ同士が連携してくれる関係が熟すまでには時間がかかる。うまくいっていると思っていたのに。また、一からやり直し、いつ佐藤直也に相談するべきか……。

「すみません」という声に気づくまでに時間がかかった。自分は余程真剣に考えを巡らせていたのか。声は隣からする。私は左を向いた。

「あの、僕、治療を途中で止めてすみませんでした……」

私は医師の顔で言った。

「ああ、そんなこと……。みなさん、お仕事で忙しいし、特に時間のかかる治療だと、そういう方も多いんですよ。気になさらないでください」

そこで気がついた。彼は結婚式のために治療を始めたのではなかったか。業平さん、という名前がまるで啓示のように蘇《よみがえ》った。

「あ……それに結婚式のご準備、忙しいんじゃないですか。おっしゃってましたよね」

そう言うと、彼はコーヒーのカップを見つめた。

「ああ、あれは……」

ひどく苦いものを飲むようにコーヒーを口にする。彼の動く喉仏を私は見た。

「……なしになりました」

そう言いながら、親指でカップの縁をぎゅっと拭う。

「……そう、だったんですか……」と悲しそうな声で言ってはみるが、正直なところ、彼の結婚がだめになろうと私の知ったことではない。そのまま彼は黙り、またコーヒーを口にした。もう患者ではない他人なのだ。患者であってもプライバシーの領域なら首をつっこまないのに、他人であれば、なおのこと、もう自分とは関係のない人間だ。

けれど、なぜ、あのとき、彼にそんなことを言ったのか、今振りかえっても理解不能だ。気軽にお酒を飲もうよ、という友人すらいないこと、スタッフ同士の問題、老人介護施設にいる母のこと、毎日の業務。そんなものから自由にしてくれる人が自分には誰もいないこと。まとめて一言で言うなら、私はそのときひどく寂しかったのだ。

「業平さん。私に少しだけつきあってくれません？　一杯だけでいいので」

私は本来そんなことを言う人間ではない。それなのに、なぜ、そんなことが言えたのか。なぜだか彼が断るわけがない、という確信が私にはあった。治療を途中でやめてクリニックに来なくなったこと。結婚がだめになったこと。彼はそれを誰かに吐露したいはずだ。それだけでも彼の手持ちのカードは弱い。私はずるい。それを知っていて彼を誘った。

彼は最初、この人はいきなりいったい何を、という顔で私を見つめていたが、すぐに人なつこい柴犬の顔になった。

「駅の近くに馴染みの焼き鳥屋があるんです、そこでよかったら」

カフェを出て駅に向かうと、雨が降り出した。私たちは自然に早足になった。私のバッグの中には折り畳み傘が入っていたけれど、彼と二人でひとつの傘を共有することにはまだ抵抗があった。

その店は巨大なパチスロ屋の並び、すぐそばには風俗の無料案内所があるような猥雑な通りにあった。カウンターだけの店。まだ早い時間なのに、席は私たちが来ることを待っていたかのようにちょうどふたつしか空いてはいなかった。彼と、大将と呼ばれる店長は顔なじみなのか、彼の顔を見ると、

「おっ、ひさしぶりっ」と大げさな声をあげた。

「何にします?」と彼に聞かれてビールを頼んだ。

「あ、瓶で」

「じゃあ、まず瓶ビール。それからいつもの」

「かしこまりっ」と店長の声が狭い店内に響く。鶏を焼く脂と煙が店内に満ちてい

た。髪や服に、においが染みつくだろう。女慣れしている男なら、まず連れてこないような店だ。カウンター越し、赤い炭の熱が顔を火照らす。私は冷えたおしぼりでそっと額を拭いた。すぐにやってきた瓶ビールを彼がグラスに注いでくれる。お酒を注がれるのも、注ぐのも嫌いだが、私は黙っていた。私も注ぎ返そうとしたが、彼の手のほうが早かった。素早く自分のグラスに注ぐ。

「じゃあ、乾杯」

彼がそう言ったので、私も慌ててグラスを掲げた。

「ああ、おいしい」

思わず声が出た。心からの声だった。お酒はそれほど飲むわけではない。時折、仕事帰りにコンビニに寄って缶ビールを買うか、佐藤直也と会うときに飲む程度だ。

「ほんとうにおいしそうに飲まはりますね」

彼の言葉が突然、関西のものになった。なぜだか、その言葉に胸のあたりをきゅっとつままれた気持ちになった。

「でも、僕もおいしい」

しばらくは彼が時折、関西の言葉を交えながら、一人でしゃべった。神戸の出身で、大学は京都で、就職を機に東京に来たこと。文房具メーカーの営業をしていること。今日は担当の四国まで行って帰ってきたこと。言いながら、彼がスーツの内ポケットから名刺入れを出して名刺をくれた。日本の誰もが知っている会社だった。業平公平。そうだった。そういう名前だった、とやっと記憶の点と点とが結ばれた。営業という職業柄なのか、彼の話はうまかった。こちらに過度の緊張を強いない。佐藤直也とは正反対だ、と思った。

もろきゅうが二人の間におかれた。もろきゅうなんて食べるのは何年ぶりだろう、と思いながら、箸できゅうりをつまみ、もろみ味噌を少しつけて嚙《かじ》った。きゅうりとは、こんなにもみずみずしく歯ごたえのあるものだったか。改めて思った。食べているものすら見ず、空腹を満たすだけの食事を、自分は今まで何回繰り返してきたのだろう。私は咀嚼《そしやく》しながら彼の顔を見た。私の視線に気づいた彼が目で笑いかける。うまいでしょう、という微笑みだった。「おいしい」と私が言うと、彼は自分が褒められたかのような顔になった。瓶ビールを追加したところで聞いた。

「あの、少し聞いてもいいかな？」

「ええ、なんでも」

「なんで結婚だめになったの？」

「……ああ、それは」

それこそが彼が話したいことなのだろう、という確信があったし、単に下世話な興味もあった。私と彼はもう他人同士。だからこそ話せる話もあるだろう。

「……先生は結婚してはります？」

左手の薬指を盗み見すればわかることだろうに。彼があえて、聞いてくれたような気がした。

「あの、先生っていうのはやめてもらえるかな？　もう、業平さんは私の患者でもないし。私、赤澤《あかざわ》奈美って言います。赤いにむずかしい方の澤」

「赤澤さん」

「まあ、それで」と私が言うと、彼が笑った。

「私はバツイチなの、子どもは引き取って、今、十九歳。大学生」

「へえ、そんな大きなお子さんがいてはるとは思えなかったな……」

彼なりのおべっかだとわかってはいたから、私は曖昧な笑みを返した。

「いきなりこんなことを聞くのは失礼だと思いますけれど……赤澤さんは、なんで結婚しようと思ったんですか？」

「別に結婚を考えていたわけじゃないの。いっしょには暮らしてはいたけれど。だけど、子どもができて。それで籍を入れた、というだけ。結婚式もしていないし、結婚指輪ももらってない。子どもが十三のときに離婚して……」

「出来ちゃった婚というやつですか……」

「今はそんなふうに言わない。授かり婚て言うらしい」

「授かり婚ねえ……先に子どもでもできたら、また違っていたのかも」

「えっ、どういうこと？」

目の前の皿には焼けた焼き鳥がどんどん積まれる。いつもなら、箸で串から外して食べるところだが、ここではそんなことをしている客はいない。私は串のまま、塩味のハツにかぶりついた。香ばしい肉汁が口の中に広がる。「おいしい」と声をあげる前に、彼が口を開いた。

「元彼が忘れられない、と言い出したんですよ……」

ははは っと思わず笑ってしまい、慌てて「ごめん、ごめん」と付け足した。いかにも若い女の言いそうなことだ、と思ったからだ。

「彼女、いくつ？」

「二十九です」

クリニックに来る患者さんを見ていても、二十代後半から三十代前半は、女としての商品価値がいちばん高い、ような気がする。つまり彼女ら自身も女としての自尊心が高い。結婚相手をキープしつつ、急にほかの男のことが気になり出す。いかにもありそうなことだと思った。

「全部うまくいってたんです。両家の挨拶も済んで、後は結婚式を待つだけ、っていうときに、彼女がそんなこと言い出して」

「で？」

「結婚は結局取りやめにしたい、僕と距離を置きたい、と。前の彼氏とやり残したことがある、って」

「なるほどねえ……」と言いつつ、心のなかでは会ったことのない彼女に対して嫌悪感が生まれた。彼女は若くて綺麗だろう。自分にも自信があるのだろう。複数の異性に好かれて、有頂天になってもいるだろう。複数の男を選べる権利を手にした女だからできること。体も心もいちばんに美しいとき。けれど、その果実がしなびていくことを彼女はまだ知らないだろう。

「僕の何がいけなかったんですかね。性格？　容姿？」

セックスかもね、と酔った勢いで言いかけたがやめた。そう言われても、業平公平の性格など、今日初めて私的な話をした私にわかるわけがない。とんでもない欠陥があるかもしれない。

「薄毛だからですか？　いつか禿げちゃうかもしれないから？」

「いやいや、それはちゃんと治療をしたら治るから」

「先生には、いや、赤澤さんには悪いけれど、結婚が取りやめになってから、もう薄毛なんて僕にはどうでもよくなってしまって、それで……」

「何度も同じことを言うようだけれど、治療に急に来なくなるなんて患者さんはたくさんいるんだから、気にしなくていいよ」

なぜ、彼とはこんなふうにフランクに話すことができるのか、と考えて、ふと気づいた。玲と話しているときの自分に近いのだ。

彼の酒を飲むペースは速かった。私は次々にやってくる焼き鳥でおなかが膨れていたが、彼は彼で日本酒を手酌で飲み進めていく。時間はもう午後九時を過ぎていた。今日やりたかった仕事もあるが、これだけ飲んでしまったらもう無理だ、とあきらめた。明日の休日をつぶせばいい。特に用事もないのだから。

その店を出たときには、午後十時を過ぎていたと思う。雨はすっかりあがってはいたが、渋谷の町は雨上がり特有のほこりと、どぶのような臭いがあたりに漂っていた。彼の足下は危うい。

「赤澤さん、もう一軒つきあってください」

彼が呂律のまわらない口で言うが、早く自分の部屋に帰って、この焼き鳥のにおいのしみついた洋服を脱ぎ、シャワーを浴びたかった。

「いや、今日はこれくらいで」

そう私が言い終わらぬうちに、彼が柱の陰に隠れて嘔吐した。外国の人のように手のひらを天に向けて肩をすくめたかった。なんてこと。まるで大学生だ。うんざりとした気持ちがわき上がってきた。私は彼の背中をさすることもなく、彼が落ち着くのを待っていた。私は嘔吐したそれ、を見ないようにして、その場にしゃがみこんでしまった彼にウエットティッシュを差し出す。

「何線で帰るの？　そこまで送るから」

「僕、今日は帰りません。そのあたりの風俗に寄って帰ります」

ティッシュで口のまわりを拭いながら、もつれる舌ですねたように彼が言う。あ、なんて面倒臭いのだろう、と思いながら、彼の腕をとって立たせる。彼から饐《す》えたアルコールのにおいが漂う。

「タクシーを拾うから。自分の住所言ってよ」

そう言いながらガード下に向かった。横断歩道の前に立っていると、やってくるタクシーの空車の赤いＬＥＤライトが目にしみる。自分も少し、いや、かなり酔っているのだろうと思った。手をあげて止まったタクシーのドアが開き、彼と彼の手にしていた鞄を押し込む。

「ほら、早く、自分の住所を言って」

「……板橋区《いたばしく》……」

そこから先がおぼつかない。彼が目を閉じようとする。

「板橋区の先は⁉」

私もいらいらしていた。彼は窓ガラスに頭をもたせかけてすっかり眠っていた。

「お客さん、どうします？　寝られちゃうとこっちも困るんだけどね」

老齢のタクシー運転手にせかされる。なんて面倒臭い男なんだろう。私もタクシーに乗り込み、自分の住所をなかば叫ぶように告げた。タクシーのなかは運転手の発する加齢臭と、彼から発せられるアルコールのにおいが充満していて、一刻も早くここから逃げ出したい、と思った。なんて日だ。こんな目に遭うなんて。お酒を飲まない？　なんて、勢いで彼を誘った自分がほとほと嫌になった。私は車の窓を少し開けた。

私は眠っている彼を横目で見た。寝息ひとつたてていない。本当に寝ているのか、と不安になった。彼の演技なのではないか、とふと疑念がわいた。一時的に患者だったとはいえ、名刺をもらったとはいえ、食事をしたとはいえ、彼のことはほとんど知らないに近い。見ず知らずの男だ。いや、すでに見ず知らずではない。神戸で生まれ、京都の大学に行き、東京で就職をして、文房具メーカーで営業をしていて、彼女に結婚をドタキャンされて、薄毛で悩む男。あの店にいたのは短時間なのに、もうそれだけのことを知っている。彼のデータが私のなかで蓄積されつつある。自分だって、結婚や離婚のことをしゃべった。そのことにてらいがなかった。それが少し怖くなった。そうやって人は少しずつ、つながっていくからだ。

家についたらポカリスエットを飲ませて、酔いが醒めたところで、終電でもタクシーでも帰ってもらおう。そう心に決めて、タクシーを降りて、ふらつく彼の体を支えながら、オートロックを解除し、エレベーターホールに向かった。

エレベーターで十一階に向かい、部屋のドアを開ける。ふりかかった災難なのに、なぜだか若い男を部屋に連れ込んでいる、というほの暗さが自分の心に生まれる。廊下の先にあるリビングのソファに彼は倒れ込んだ。まるで、その場所にソファがあることを知っているかのように。私は横になってしまった彼のジャケットを苦労しながら脱がせた。顔色はさっきよりは悪くない。急性アルコール中毒ではないだろうが、その可能性もゼロではない、と医師としての判断を下して、私は彼のネクタイを緩めた。冷蔵庫からポカリスエットのペットボトルを取り出す。その冷たさに、季節がもうずいぶん冬に向かって進んでいることを改めて知った。

ソファで寝ている彼の頭を起こし、

「業平さん、これ、少し飲んでください」

医師の声で言った。こくり、こくり、とゆっくり、一口ずつ飲むたびに彼の喉仏が動く。

「業平さん、気分はどう？　吐きたい？」

そう言うと首を横にふる。そう言って目を瞑ってしまう。一応、念のため、と思いながら、私はチェストの中から、血圧計と聴診器を出して、彼のシャツの袖をめくり、血圧を測り、シャツの上から聴診器を当てた。どちらも正常ということがわかって、思わず深いため息が出た。

クローゼットの中から毛布を取りだし、彼にかけた。暖房をつければ寒いことはないだろう。私は今すぐにでも今着ているこの服を脱ぎたかった。彼の様子ではすぐに起きることはない。そう見当をつけて簡単にシャワーを浴びた。髪を乾かしながら、脱いだニットに鼻を当てると、焼き鳥のにおいがしみついている。どれだけあの店で煙にいぶされたのだろう、と思うと、なぜだかおかしかった。

部屋着に（と言っても、それはユニクロのスエットだ）着替えて、リビングに戻ると、額に腕を載せた彼がぼんやりと天井を見ていた。私に視線をやって、不思議そうな顔をしている。体を起こそうとしたので、私はそれを手で制した。

「あの、なんで……僕」

「どうしてここにいるかってこと？」

彼がこくりと頷く。

「あなたをタクシーで家に帰そうとしたの。だけど、自分の住所も言えないほどひどく酔っていて。急性アル中ではないと思ったけれど、あなた、一回吐いているからね。そのまま無理矢理家に帰したとしても、吐物で喉でもつまらせたら、と思って。一応、私は医者だから。私のほうが不安になるから。仕方なくここに連れて来たの」

仕方なく、と私はもう一度、力をこめてそう言った。

「すみません……」消え入るような声だった。

「最近、前後不覚になるまで飲んでしまうことが多くて」

「だろうね」と言いながら、私はダイニングテーブルの椅子に座った。

「僕、何か変なこと言っていませんでしたか？」

「変なこと？」

「結婚がだめになって、それで」

「その話はもう何回も繰り返していたよ。駅まで送ろうとしたら、あなた、これから風俗に行くって」

ああああああ、と彼が妙な声を出しながら、腕で目元を覆う。私は笑った。

「本当にすみません。先生にそんなことまで」

「もう何回も言ったけれど、あなたと私は患者と先生さんではないよ。ただの他人だから。それにしては今日、あなたのことを色々と知ったけれど。あなたが次から次へとしゃべるから」

ああああああ、と再び彼が声をあげた。

「本当にご迷惑をおかけして」と彼が体を起こしたが、頭を抱えて蹲《うずくま》る。

「明日はひどい二日酔いだろうね」

「僕、帰ります」と言いながら立ち上がるが、その足下もおぼつかない。

「ひと眠りしなさい。私ももう眠るから、目が覚めたら帰って。タクシーはマンションを出て角を曲がればすぐに拾えるだろうから」

「お言葉に甘えてもいいんでしょうか……」

「あのね、飲んでいる最中に何度も言ったけれど、私とあなたはもう医師と患者の関係じゃないの。だから、そんなに恐縮されたり、敬語を使われるとこっちも緊張する。……まあ、また機会があったらごはんでも食べよう」

最後の言葉は年長者としての社交辞令として言ったつもりだった。彼ともう多分、二度と会うことはないだろうと。けれど、その言葉で彼の顔が輝くのがわかった。

「あ、じゃあ、LINE交換を」

はい？　と私が思っているうちに、彼は自分のバッグからスマホを取り出し、私のほうに手を差し出す。

「なに？」

「LINE交換ですよ。僕、また、赤澤さんとごはん食べたいですもん」

面食らった。が、私はバッグから出したスマホを彼に手渡していた。彼が二つのスマホを操作し、私に返した。ぴこん、と間の抜けた音がして、私のLINEにぴょんぴょんと動くクマのスタンプが送られてきた。そのあとに携帯番号。

「飯をうまそうに食べる人と飯を食いたいんですよ僕。赤澤さんの時間のあるときでいいので」

そう言って彼は毛布に顔を埋めた。きっとまだこの人は酔っているのだろう、と思った。さっきは聞こえなかった寝息がすぐに聞こえてきた。どこまでが演技で、どこまでが演技じゃないのだろう、と思わずにはいられなかった。

「おやすみ」そう言ったが、返事は返ってこなかった。


ベッドの中で携帯のアラームを止める。慌てて支度をしようとするが、そうだ、今日は休日だったのだ、と思い、私はベッドの中で体を伸ばした。もう一度眠ったっていいのだ、と思うけれど、この年になると、なかなか二度寝もできない。眠ることにも体力がいるのだ、と実感したのはいつのことだったか。

ルームシューズを履き、リビングダイニングに向かった。かすかに酒のにおいがする。ソファの上に綺麗に畳まれている毛布を見て思い出した。そうだ、昨夜、業平公平がこの部屋に来たのだ。部屋の空気を入れ換えようと、私は掃き出し窓を開けた。冷たい十一月の空気が私の体を冷やしていく。

いつ彼が帰ったのか、気づきもしなかった。私はソファに座った。そうしようと思う間もなく、私は毛布に顔を埋めていた。酒のにおいはしない。なぜだか干し草のようなにおいがした。成人した男のにおいだった。ふと、ダイニングテーブルの上に置かれたものが目に入った。なんだろう、と思いながら近づく。ピーターラビットの絵のついたマグカップだった。それを見て私は自分の口角が上がっていくのを感じていた。彼はこのマグカップをあのミュージアムショップで買ったのだ。自分のために？それとも結婚解消になったあの彼女のためだろうか？　どんな顔で彼がこれを買ったのかを想像するとおかしかった。彼自身、これを私の部屋に置いていくことになるとは想像もしていなかったに違いない。

テーブルの上にはマグカップ以外、メモのようなものはない。昨日の礼、ということでいいのだろうか、と思いながら、私はマグカップの取っ手に指を入れ、何かを飲む真似をしてみた。これで飲むコーヒーはどんな味がするのだろう、と思いながら。

午前中は家で仕事をし、午後はジムに行って加圧のパーソナルトレーニングを受けた。腕と脚の付け根にベルトを巻き、トレーナーの指示どおりに体を動かす。たったの三十分なのに、五分もしないうちに額から汗が噴き出す。

「片足でバランスを取ってみましょうか」

若い女性トレーナーに言われるまま体を動かすが、ベルトを巻いたまま、片足を上げ続けるということができない。それがただ、恥ずかしい。

「腸腰筋《ちょうようきん》という筋肉が衰えているのかもしれませんね。ここが衰えていると年をとって転倒の可能性も高くなるんです」

「それは困ります」私が言うと、

「じゃあ、鍛えましょうね」と笑顔で返された。

私は彼女に言われるまま、鏡の前で無様に体を動かし続ける。医師としてもちろん、腸腰筋という筋肉があることは知っている。けれど、それが自分の体のなかに存在する、ということを意識できるようになったのは運動を始めてからだ。

最初は痩せたい、という目的だけだったが、しばらく運動を続けて、ベスト体重より、二、三キロ多いくらいをキープできるようになってからは、ボディラインを整えるほうに意識がいった。そうはいっても、おなかの余分な肉が瞬く間に削られるわけではないし、垂れ下がったお尻がすぐに上がるわけでもない。若く見せたいのではない。現状維持。そして、年齢を重ねても、いつまでも杖なしで歩ける体が欲しい。私の願いはそれだけだった。

トレーニングを終えて、ロッカールームで着替えをしようと、バッグを取り出すと、スマホにメッセージの着信があるのが目に入った。元夫の名前。見ただけで眉間に皺が寄る。

〈今日、少し、時間とれない？〉

彼が私にこんなメッセージを送ってくるときには、理由はひとつしかない。お金だ。三ヵ月から四ヵ月には一度、もう他人である元の夫からこんな連絡がある。私のクリニックが今日は休診日だとわかっているのだ。クリニックの診療がある日にメッセージが送られてくることもあるが、私は彼を無視し続けた。それでも、何度でも〈もう頼れるところがない〉という泣き言メールを送り続けてくる。私が心配しているのは、彼がお金に困って再び自死を試みるようなこと。私を飛び越して、玲に金の無心をする、ということ。その二つだった。彼もそれがわかっている。それが私にとって脅威だということが、わかっていて、私にSOSを送る。

〈午後5時に〉それだけのメッセージを送り、私はジムを後にした。

元夫と会う場所はいつも決まっていた。渋谷駅近くにある、喫煙のできる地下の純喫茶。彼はいつもその店を指定してきたし、そこでしか彼には会わないようにしていた。すでに階段あたりから漂う煙草のにおいに辟易としながらも、私は階段を降りる。ドアを開けると、いちばん奥の席に彼がいた。彼が手をあげる。私は視線を逸らす。彼に近づき、手にしていた銀行の白い封筒をテーブルの上に置いた。

「じゃあ」

そう言うと、彼は、

「コーヒーくらいつきあえよ」と私の腕を摑《つか》もうとする。一刻も早くこの場を立ち去りたかったが、一言言っておきたかった。やってきたウエイトレスにブレンドを頼む。彼が私の顔をしげしげと見つめる。視線に遠慮がない。元夫婦とはいえ、その遠慮のなさに私は次第にいらいらし始める。

「おまえ、なんか会うたび、若返ってんなあ。まあ、当たり前か。美容皮膚科の院長先生だから」

他人におまえ、と呼ばれて腹が立った。私は憮然としたまま、テーブルに置かれたグラスの表面についた水滴を見ていた。美容皮膚科の院長だから儲《もう》かっているんだろう、と彼は言いたいのだろう。

玲を育てたのは俺だ。おまえが何をした。玲が小さかったときだって、おまえは自分の仕事だけに集中できた。それが誰のおかげだと思っている。

いつか彼とした言い争いの言葉が蘇る。確かに彼の言うとおりだ。玲が生まれたとき、彼にはそれほど仕事がなかった。フリーランスで働く彼の仕事量に波があることなど、共に暮らし始めたときからわかっていたことだった。私は一刻も早く病院に復帰したかった。食事の支度、風呂の準備、寝かしつけ。そうした子育てにまつわる雑務の多くを彼はうまくこなした。それが可能だったのは、その頃の彼にほとんど仕事がなかったからだ。正直に言えば、彼が玲の母親だった。玲が一歳になる前に仕事に復帰できたのは、彼のおかげだ。彼が働けないのなら、今、仕事がないのなら、私が外で稼ぐ。そういうバランスで成り立っている家族なのだ、と理解していた。彼なりに、世のなかから、業界から取り残されていく焦燥感を持っているだろう、とは想像していたが、その頃の私に何より必要だったのは、目の前にある家事、育児をこなしてくれる誰かだった。小学校に入るまでは、それでうまくまわっていた。けれど、玲が外の世界にふれ合う時間が多くなるたび、彼に暇な時間が増えていった。保育園時代のように送り迎えもいらない。玲は学校を終えたあと、学童クラブに行って一人で帰ってくる。小学四年生にもなれば、夕食さえ用意しておけば一人で食べ、一人で風呂に入り、親の帰りも待たずにさっさと寝ることができるようになっていた。

「仕事が来たんだったらどんどんすればいいよ。玲も、もうずいぶん手がかからなくなったんだし」

無邪気にそう言った私を彼は複雑な表情で見つめていた。

彼の仕事がまったくゼロになったというわけではない。けれど、彼が子育てに関わっている間に業界も、彼を取り巻く様相も変わっていた。彼の代わりになるようなカメラマンは業界に星の数ほどいた。私や私に対する愚痴が増えてきたのもこの頃のことだった。

「医者はいいよな。一度なってしまえば喰いはぐれることもなくて」

仕事でボロボロの状態で帰宅したときに、そんなことを言われれば、当然、口論にもなった。彼が喜んで家事や育児をしているものだと私は思い込んでいた。彼だって、うれしそうにそれをこなしていた。けれど、彼はそうは思っていなかった。私が彼に家のことを押しつけた。俺がカメラマンとして仕事をしていく機会を私が奪った、と。そこからかすかに水がしみ出すように、二人の間には亀裂が入り始めた。

「そもそもあなたに才能がないからじゃない。フリーランスなら自分で仕事を探しにいくのが筋じゃないの?」

言い争いが募り、言いたくもないことを言ってただ一度頬を張られたときには、玲は高学年になっていた。そこから離婚まではあっという間だった。とにかく彼と離れなければ、自分のなかに言いたくもない、考えたくもない、邪気のようなものが忍び込んでくるような気がしていた。離婚をしてやっと縁が切れて肩の荷が降りたと思っていた。玲と彼が会うのはいつでも自由に。そう思って日曜日に玲を彼の元に送り出すこともしばしばあった。

切迫した声で電話がかかってきたのは、玲が中学二年のときだった。

「お父さんが起きない。いくら揺すっても起きない」

「すぐに救急車を呼びなさい」と叫び返すことしかできなかった。そのときまで彼が心療内科にかかっていることを知らなかった。処方されていた一ヵ月分の薬をまとめて飲んだのだった。玲が来るとわかっている日に、あえて、そんなことをしようとした彼にただ腹が立った。玲には家に帰るように言い、私一人、彼が運ばれた救急病院に向かった。

「こんなことをしても死ねないから」

そう言った私の顔を見もせずに、彼は病室の天井だけを見つめていた。死ぬのなら、一人でひっそり逝けばいい。そう、はっきりと思う自分に罪悪感が生まれた。彼をここまで追い詰めたのは自分だ、と。それでも言った。

「玲の前でそういうことをするのだけは絶対にやめて」

「家族三人で暮らしていたとき、俺はいちばんしあわせだったな……」

そう言われれば返す言葉もなかった。私のなかではもう終わった家族だ。壊れたものを元に戻すことはもうできない。

「おまえは誰よりも強くて……」

彼が無精ひげの生えた顎のあたりをさすりながら言った。

「誰よりも冷たい人間だ」

そうかもしれない。いや、実際のところ、そうなのだろう。私は彼の言葉を無視して告げた。私は冷たい人間なのだから。

「こんなことをするのなら、もう二度と玲には会わせない」

彼はかすかに頷き、自らの経済的窮乏を私に告げた。お金を貸してほしい、と。貸してほしい、という言葉は正しくはないだろう、と思いながらも、私は彼を助ける約束をした。

「お父さんは少し体調が悪かったの。すぐに退院できるから」

帰宅して玲にはそう告げた。納得している顔ではなかったが、それでも頷いた。それから、年に、三、四度、経済的な危機がくると、私に連絡がやってくる。彼が求める金額を私はただ、黙って渡し続けてきた。彼が言う、いちばん幸せだったときを、彼から奪ったという罪悪感からだ。冷たい人間だ、という彼の言葉など無視して生きていこうと、心に決めたはずなのに、私の心のなかではその言葉が残響のように今も残っている。図星だったからだろう。

彼と玲との面会はひと月かふた月に一度、私を介することなく、続けられているようだった。けれど、玲が自分の父親について、何かを話すことはなかった。

「お父さんは元気だった？」

「ああ……うん」玲はいつも決まった返事しかしない。

それ以上のことは聞きたくもなかったし、耳を貸すつもりもなかった。自分とはもう縁のない人間だが、玲にとっては父親なのだ。

隣の若いサラリーマンが盛大に煙草をふかしている。目の前の彼もそうだ。経済的窮乏にあるのなら、一番に喫煙をやめるべきではないか、と思うが、私はその言葉をのみこんで言う。

「玲にお金の無心だけは絶対にしないでよ」

「わかってる」

「じゃあ」

そう言って私は席を立った。金を渡したのだ。二人分のコーヒー代くらい払えるだろう。ドアを開けて階段を登る。地上に出ると、西日が私の目を射た。ひどく疲れていた。元夫と顔を合わせるときはいつもそうだ。電車に乗れば帰宅ラッシュに巻き込まれる時間だ。たくさんの人のなかをすり抜けるように歩く気力もなかった。私は手をあげてタクシーを止める。自宅の住所を告げる。いったい、いつまで、私はこんなことを続けるつもりなのだろう、と思いながら、元夫が再び、自死を試みることが私には恐怖なのだ。玲への心理的負荷を考えていた。父親が自死をした子どもにしたくはない。そして、自分がその事態を招いたのだという体験をしたくはない。そのとき、バッグの中のスマホが震えた。また、元夫からのメッセージか、と思いながら、その震えを無視した。幾度か、また震える。クリニックのスタッフからだろうか、と仕方なく私はスマホを手にとる。

業平公平からのLINEメッセージだった。写真がいくつか添付されている。いかにも秋晴れの澄んだ空、東京ではないような気がした。浮かぶ雲の縁に虹のようなものがかかっていた。

〈これ、彩雲ていうらしいですよ。めちゃ綺麗じゃないですか?〉

〈赤澤さんをお連れしたいお店リストです。何か食べたいものがあれば。考えておいてください〉

そのあとにレストランや居酒屋のURLがずらずらと貼られている。

既読になるのだから、私がこのメッセージを読んでいることは彼もわかっているのだろう。けれど、なんと返信をしたらいいのか迷っていた。この人は今、私がどんな気持ちでいるのかなんてまるで知らない。私の歩んできた時間をほとんど知らない。ただ、そのことを救いに思った。

自分がかすかに微笑んでいることに気づきながら、私は慣れない手つきでメッセージを打つ。

〈あなたは今どこにいるの？〉

それは既読にならなかった。移動中か仕事中なのだろう。言いたいことだけ伝えて消えてしまう。業平公平のことなど何も知らないのに、それがいかにも彼らしい、と私は思った。

二章　アザレア

私が若い頃にはＬＩＮＥなどなかった。恋愛の相手と連絡をとるには、家の固定電話か公衆電話しか手段がなかった。大学時代に、初めての恋愛をした相手とは、家族が寝静まった頃を見計らって、小声でやりとりをしたものだ。ポケベルが登場したのは三十代だったが、私がそれを恋愛に使った記憶はない。主に保育園や元夫とのやりとり。ベルが鳴るたび、また仕事が中断されるのか、と肝を焼く思いがした。

離婚後に二人の男と短い恋愛をしたことがあったが、彼らは私よりも年上で、携帯を持ってはいたが、ＬＩＮＥなど使ってはいなかった。どちらの男もメールで用件を伝えてきた。ＬＩＮＥのアプリを私のスマホに入れたのは玲で、今は、病院のスタッフともＬＩＮＥでやりとりをしているが、あとは時折、大学時代の友人から、ふいに〈元気？〉などとメッセージが来るくらいで、自分から積極的に活用しているとは言えない。元の夫もＬＩＮＥを使わない。彼はいつもメッセージ機能で用を伝えてくる。

クリニックのスタッフが「既読にならない」と彼氏を責めている声を聞いても、自分にはまったく無縁のことだと思ったし、恋愛において、こうした通信機能の発達が要らぬ心配を呼ぶのでは、と他人事のように思っていた。

業平公平はほぼ毎日と言っていいほど、私のスマホを鳴らした。今日はどこで仕事をしているか、今日の昼は何を食べたか、そういった写真を一言添えて送ってくる。診療中にはもちろん、スマホはマナーモードにしていたが、あまりにもスマホが震えるので、電源そのものを落としたくらいだ。最初は彼が送ってくる写真やメッセージになんと返していいのか、わからなかった。思い出したのは、玲の幼少時代だ。今はだいぶ口数も少なくなったが、子どもの頃は、「お願いだからもうだまって」と叫びたくなるようなおしゃべりだった。

「ねえねえ、お母さん、今日、こんなことがあってさ」

公平のＬＩＮＥを見ていると、幼かった玲が話しかけてくるような錯覚にとらわれた。玲から弾丸のように言葉を投げかけられたとき、自分はなんと言葉を返していたか。

「へえぇ、すごいねえぇ」

「よかったねえ。今日も楽しかったんだねえ」

そう言えば、玲は小さな鼻の穴を膨らませて納得した顔になったものだ。そうか。それでいいのか、とはたと気づいてからは、公平のＬＩＮＥになんと返信すればいいのか悩まなくなった。

大抵は、スタッフたちがランチに出払ったクリニックの診察室で、スマホの電源を入れた。営業で行ったらしい各地の空の写真（なぜだか彼は空を撮影することが多かった）が来れば、〈綺麗だね〉と返し、彼が食べたランチの写真が送られて来れば〈おいしそう！〉とだけ送った。診察室に入ってきた柳下さんに、

「先生、携帯見て、笑って。珍しい。何かあったんですか？」と疑惑の目を向けられたが、

「いや、大学時代の友人が変なことを書いてきて」とその場を取り繕った。

仕事が終わるのはだいたい午後八時近くだ、と伝えてあったので、業平公平の仕事が終わっていれば、ますますＬＩＮＥのメッセージは増える。

〈赤澤さんは今日、何を食べました？〉

そう言われて、キッチンのシンクに置かれたままの、デパ地下総菜の空のプラスチック容器に目をやった。

〈家にある残りもの、それを適当につまんで〉

〈よくないなあ、医者の不養生ですよ……。それより、いつがお暇ですか？　この前送った店で行きたいところありませんか？〉

次々とたたみかけるように言葉が表示される。懐《なつ》かれてしまっている、というのが私の最初の公平に対する感情だった。年下の男に懐かれている。結婚直前でダメになった若い男になぜだか懐かれてしまっている。彼は寂しいのだ。

〈いちばんのおすすめの店にしてよ〉

慣れない手つきでぽちぽちと文字を打ち、そう返すと、

〈かしこまりました！〉と、ハッピを着たクマの動くスタンプがすぐさま送られてきた。自分が笑っていることに気づく。そのことに驚いた。玲が大学に入って家を出て、この部屋に一人でいて、笑ったことなどほとんどなかったのではないか。そう思っている間にも、日時や場所を確認するメッセージが次々と送られてきて、しつこいなあ、と笑いながら、スマホをソファの上に放った。窓を締め切ったなんの音もしないマンションの部屋で、スマホだけが着信を知らせる音を放つ。鏡面の湖のような生活のなかに、ぽん、と小石が投げられ、その波紋が広がっていくようなそんな気がした。

公平が選んだのは、四谷《よつや》にあるインド料理屋だった。

クリニックが休みの木曜日の夜。その日は公平も早く会社を出られるという。インド料理屋なんてここ何年も行ったことがない。バターチキンカレーの鍋には、バターの塊がいくつも溶け込んでいるのだ、と聞いてから恐ろしくなって口にできなくなった。何を着ていくか迷ったが、佐藤直也に会うわけではないのだから、と、シンプルな黒いニットにデニムを選んだ。

指定された店のドアを開くと、公平が店の奥から手を振っている。私も軽く手をあげた。会社帰りなのだから当たり前だが、この前見たときよりは幾分シックなスーツに身を包んでいた。年上の自分に会うために、そのスーツを選んだとしたら、お互いに歩み寄ろうとしているのか、と思っておかしくなった。私は公平の向かいの奥の席に座った。

「何か食べたいものあります？」と公平がメニューを私に向けて広げる。正直なところ、メニューを見ただけでおなかはいっぱいになりそうだった。

「おすすめの店なんだから、おまかせするよ」

「食べられないものとかは？」

「まったくない」

「お酒も大丈夫ですよね？」

「もちろん」

「インドビール、うまいんですよ」

そう言うと、公平が満面に笑みを浮かべながら、手をあげて店員を呼んだ。

「じゃあ、これと、これと……」

そんなに二人で食べられるだろうか、というメニューを公平は選んだ。すぐさまビールが運ばれてきた。公平が私のグラスにビールを注ごうとする。私はそれを手で制した。

「ごめんね、お酌されるのも、するのも嫌いなんだ」

「ああ、そうでしたっけ、じゃあ」と気にする様子もなく、自分のグラスにビールを注いだ。

「キングフィッシャーって言うんですよ。ちょっとタイのシンハーにも似ているかな。インドに行ったとき、こればっかり飲んでました」

自分で注いだビールを一口飲んだ。さっぱりとした甘口で濃厚なインド料理に合うだろうと思った。

「おいしい」

「でしょう！」

うれしそうな公平の笑顔にやっぱり息子の顔が浮かぶ。男の子の承認欲求というのはいったい何歳まで続くのか。

「仕事でインドに行っていたの？」

「いや、僕、学生時代はバックパッカーで、香港《ホンコン》、マカオ、バンコク、マレーシア……」

「シンガポール、カルカッタ……」

「なんでわかるんですか？」

「沢木《さわき》耕太郎《こうたろう》の『深夜特急』読んで、バックパッカーになったクチでしょう？」

「そうです！　赤澤さんもまさか」

「学生時代はそんな暇はなかったよ」

なぜ、公平の旅路がわかったのか。元の夫がそうだったからだ。けれど、それは言わなかった。自分と出会う前、元の夫は世界各地を旅していた。自分とまったく違う世界に生きている彼に惹かれた。夫が西新宿で開いた個展にふらりと立ち寄ったのが、彼との縁の始まりだった。ほどなくしてつきあいが始まり、いつしか体を交わすようになり、腕枕をすると、彼はいつも今まで旅していた世界の話を聞かせた。自分もうそこに行った気持ちになっていた。つきあっている最中にだって、インドにいってくる、と二ヵ月いなくなったこともある。それが、いっしょに住むようになってからは、彼は旅をしなくなった。旅の写真だけでは食べられないとわかったのか、彼は商業写真にシフトした。そして、玲が生まれてからは、家事と育児に埋没し、家の外には出なくなった。ジョン・レノンだって、ハウスハズバンドをしていたのだから。そう言って自分を納得させているようにも思えた。旅に出なくなって彼は水が滞るように濁っていったのではないか。

「赤澤さん……」

そう言われて顔をあげた。

「大丈夫ですか？」

「え、なにが」

「急に黙ってしまったから」

「ああ、ごめん。昨日、クリニックで色々あったものだから、そのこと急に思い出しちゃってね」

「だけど、すごいなあ、自分ひとりでクリニック開くって」

「私のクリニックじゃないもの」

「え？」

「私は雇われ院長。雇い主がいるんだよ」

「……そう、でしたか」

「あなたと同じだよ。サラリーマンと変わらない」

そうは言っても自分が佐藤直也からもらっている金額を聞いたら、彼の表情は途端に曇るだろうという気がした。彼のもらっている給与の何倍になるのか。

そのうち、並べきれないほどの料理がテーブルの上に運ばれてきた。サモサ、タンドリーチキン、ひよこ豆のサラダ、それに幾種類ものカレーにナン。

「おいしそう！」私はわざと大きな声を出した。

「カレーはシェアしましょう」

公平がナンをちぎって渡してくれた。

こんなに二人で食べられるのだろうか、と不安になった。ふと顔を上げる。テーブル席は若い客ばかりだ。この店のなかで自分がいちばん年齢を重ねているのではないか。四十も後半になって、インド料理を心から食べたい、という日などあまりない。元夫は聞いたことのないスパイスを揃えては、インドカレーを作る日があった。そのとき、私はそのカレーをどんな顔で食べていたのか。公平から渡されたナンをほうれん草のカレーに浸して食べた。悪くない。いや、確実においしい。油っこくもないし、くどくもない。公平と目が合う。私は驚いたような顔をして見せた。ナンを飲み下して言う。

「いちばんのおすすめ、という訳がわかった」

「でしょう！」公平の顔が輝く。公平もどんどんと食べ進めていくが、がっついているようには見えない。食事をするときにありがちな男の人らしい乱暴さがなかった。小さな頃から母親にマナーを厳しく躾《しつ》けられたのではないか。そういう育ちの良さが透けて見えた。

「ほんとうにおいしそうに食べはりますね」

「だって本当においしいもの」

本心だった。私は口の端についたカレーを紙ナプキンで拭った。口紅の赤がナプキンに滲む。相手は佐藤直也ではないのだ。かまうものか、と思った。そのとき、公平に気をつかうことだけはやめようと、なぜだか思った。彼には言いたいことを言い、思ったことを言う。こうしてたまに食事をする相手ならば、そういう相手でいてほしかった。公平が口を開く。

「僕の元彼女ですけど……」

「元婚約者」

「まあ、そういうことになりますかねえ……いろいろ食べ物の好き嫌いが多い人で……」

「まだ、未練はある？」

私はグラスに残ったビールをあおりながら尋ねた。

「まあ、ふられたわけですから……」そう言いながら、眉毛が八の字になる。

「敬語禁止ね」

「ああ、そうだった。……ないと言えば嘘になるかなあ」

そう言って公平は手にしていたナンをちぎり、まるで言いかけた言葉を押し込むかのように口に入れた。なぜ、そのとき、公平のその言葉に疎外感を持ったのか、自分でも不思議だった。嫉妬と呼べるような大層な気持ちではなかった。これだけ年の若い男と会っているのに、自分は恋愛対象ではない、と宣告された気分になったのだ。まだ、女として誰かに興味を持ってもらいたい、と心のどこかで思っている自分がおかしくもあった。

「徹底的に嫌いにならなければ、忘れられないよね」

「そんなもんなん？」

酔いのせいか、公平の言葉が自然に関西のものになっていく。

「私は夫の顔なんて二度と見たくないと思って別れたもの。そうは言っても、今でもお金がないと連絡が来て、乞われれば、お金を渡しているんだけど……」

「お子さんは、赤澤さんの方に？」

「そう。息子がそう望んだから」

「なら、向こうが養育費渡すのが筋やないか」

「世の中に養育費をちゃんともらってる女なんて驚くほど少ないよ。もらっていたって、多分、子どもがもらうお年玉より少ないもんだよ」

「なら、息子さん、一人で育てたんは赤澤さん？」

「もちろん。大学にも通わせている。学費が馬鹿高い私立の美大に。課題が多くてバイトもろくにできないから、アパートの家賃と生活費も」

「たいしたもんやなあ。苦労しはったんや。ちゅうか、苦労してるやん。今も」

そんな言葉をかけてもらったことがなかった。今の自分が苦労している、などと思ったこともなかった。自分のわがままで離婚をし、玲から父親を奪った愚かな母親なのだと自分のことを思っていた。養育費の話など出はしなかったし、私から要求したこともない。別れた夫からお金を乞われることだって、自分に責任があるからだ、と思っていた。公平の言葉に自分のどこかが綻《ほころ》んでいくような気がした。驚いたのは、その言葉にわっ、と声をあげて泣きたくなったことだった。泣きたい、という感情をずいぶんと長い間、忘れていたことを思い出した。私はわざと話の矛先を変えた。

「お母さん……」

「ん？」

「亡くなったと言っていたよね、いつか」

「……………」

「あ、ごめん。言いたくないならいい。ごめんなさい」

「いや、ええんですよ。長患いでずっと伏せっていて、結婚式には出ると言うとったんやけど……それで、自分がちょっと結婚をあせってしもうたとこもあって。元彼女も少し僕に押し切られたとこがあったんかもしれん」

公平の話はすべて自分の結婚破談話に集結していく。そのことを悔い、誰かに聞いてもらいたがっている。しかも母まで亡くしている。そこに自分のような話を聞いてくれそうな人間があらわれたのだ。懐かれているのは、そのせいだ。彼の立場は弱い。私のほうが上にいて、彼の話を聞いて、あげて、いる。そのときはまだ、そう思っていた。

「LINEすごいね」

「迷惑?」

「いや、いい気分転換。それにしても、全国各地に行くものなんだねえ」

「僕、会社のデスクでじっと座って日が暮れるまで仕事しているのが苦手やねん……日本全国動けるから、営業職を選んだようなもんで。あのう……」

「何?」

「ほんまに僕、赤澤さんとタメロでええんですか?」

「だから、何度でも言うけれど、敬語が」

「敬語が嫌い。お酌するのもされるのも嫌い。だけど、食べ物の好き嫌いはない、と」

「そうだよ」

「自分のなかに赤澤さんのデータがたまっていくわ」

もし、業平公平という一人の男のどこを好きになったのか、と聞かれたら、最初に好きになったのは、その声だった、と答えるだろう。公平の声が、言葉が、自分のどこか……それは普段誰にも見せたことのないような部分、を押し開いて、侵入してくるのを感じていた。この夜にはまだ公平に対する好意はなかったと思う。けれど、私は感じていた。

公平という男が、モノクロームだった自分の世界に色をつけ始めていることを。

今までは耳に入らなかった小鳥のさえずりや、視界に入ってはこなかった蝶のはばたきの存在を認識した。世界は色と音で満ちている。それを教えてくれたのは、公平から送られてくる大量のＬＩＮＥに添付された写真や、公平が仕事で訪れた日本全国の町の写真だ。そして公平自身が、自分以外誰も存在しなかった閉じた世界に、風穴を開けようとしている。友人と呼べるような人間は数えるほどしかいない。親しい友人など皆無だ。自分にとって佐藤直也がそうであるように、クリニックのスタッフにとって、自分は雇い主、という存在でしかない。玲は大学生になり、彼自身の人生を歩みはじめている。失いたくはない。業平公平という人間を失いたくはない。好意が生まれる前に私は強くそう思った。

「ときどき、また、こうやってごはん食べてくれる？」

「よろこんで！」

公平は笑って言った。この男を絶対に失いたくはないと、私が心から思っているとは知らずに。

「先生、あの……」

そう言って下田さんが声をかけてきたのは、ランチ前の診療をなんとか終え、診察室でコーヒーを口にしていたときだった。

「少し、お時間いいですか？」

「もちろん」

私はそう言いながら、患者さん用の椅子を彼女に勧めた。笑顔を保ちながら、私はかすかに緊張していた。彼女がクリニックを辞めたいと言い出すのではないのか、と思っていたからだ。

「この前、変なこと言ってすみませんでした」

「え、いつのこと？」私はしらを切る。

「ほかのクリニックで働きたい、とか……」

「ああ、そういえば、そんなこと言っていたね。どうなった？」

「あんなこと言って申し訳ありませんでした。私はこのクリニック、辞めたくありません」そう言って目を伏せる。

「私、柳下さんや先生がうらやましくて……」

「……うらやましい？」

「柳下さんも先生も、結婚をしてお子さんもいらっしゃいます。そのうえ、お仕事もされていて、いわゆるリア充じゃないですか」

「バツイチでも？」

冗談で言ったつもりだったが、彼女は笑わなかった。

「私、婚活がうまくいかなくて、もやもやしていたんです。あのとき」

「ああ……」

「私、早く結婚したいんです。子どもが欲しいんです。時々、このままでいいのか、とずいぶんあせって。遅くても三十前には絶対に結婚したいし、出産もしたい、仕事も続けたい。だから、柳下さんがうらやましくて、うらやましくて……。それで、あのとき、ずいぶん、ひどいことを柳下さんに言いました。柳下さんの仕事をフォローしているのは私だって。私だって自分が柳下さんほど、いい施術者じゃないことを知っています。だけど」

「下田さん。あなたはきちんと仕事しているよ。あなたがいるから、ってここに来る患者さんも増えている。勤務時間を短くしてほしいのなら、そうするし、給与の面でも、オーナーと相談すれば少しは譲歩できると思う」

短い沈黙が訪れた。クリニックの建物の遠くどこかで行われているらしい道路工事の音がかすかに聞こえた。オーナーと相談すれば譲歩できる、というのは正直に言えば嘘だ。私が頭を下げて下げて、下げ続ければ……。

「本当は……そんなことじゃないんです」

「ん？」

「ここにいらしていた患者さんに、連絡先を聞かれて、おつきあいしていて、それがだめになって……。結婚前提で、私はつきあっていたつもりだったんですが……」

そのとき、頭に浮かんだのは業平公平の顔だった。相手は彼なのではないか。そう思った瞬間に、そんなはずはない、という思いと同時に、自分の心のなかで暗いものが生まれた。公平にお似合いなのは、下田さんのような若い女だ。それが嫉妬、だと気がつくまでに時間がかかった。嫉妬などという感情をもう忘れかけていた。

「薄毛治療の患者さん？」

「いいえ、違います。ニキビ痕のレーザー治療で半年前くらいから通われていた方です」

そのあとに下田さんが名前を言った。姓に聞き覚えがあるが、顔は思い出せない。

「そのことを柳下さんに知られて、咎められたんです。あの日……。患者さんとつきあうな、と」

「そうだったの……」と深く頷きながら、私は心のなかで安堵のため息をついていた。

「まあ、でも、柳下さんが言うように、患者さんとつきあったらだめ、なんていうルールはここにはないから」

「ですよね」下田さんの顔がパッと明るくなる。

「ただね、そういうことをあからさまに認めるわけじゃない。こちらから積極的にアプローチをかけたり、そういうのは、やっぱりね……患者さんの個人情報をこちらは抱えているわけだし……そこは気をつけてもらわないと」

どう言っても言葉が濁る。

そもそも、下田さんの言っている、連絡先を聞かれて、という話は本当なのか、確かめる必要があるのではないか。カルテの個人情報の管理をもっと厳重にすべきではないのか。翻って、自分の身を振りかえる。元患者とはどうなのか。元患者である公平と食事をしたりしている自分はどうなのか。それがクリニックのスタッフに知られたらどうなるのか。スタッフからの信用だけは失いたくない。その日が来ることを考えたくはなかった。

「とにかく辞めないでくれてよかった」

そう言うと下田さんは頭を下げて、診察室を出て行った。

下田さんの話は、柳下さんに確認しておいたほうがいいだろう、と思い、私は翌日、どのスタッフよりも早く出勤してくる柳下さんを診察室に呼んだ。この前の言い争いの話、昨日、聞いた話を簡単に話す。

「一度や二度じゃないですよ」

眉間に皺を寄せて彼女が吐き捨てるように言った。

「男性の患者さんがこのクリニックに来るようになって、そうなったのは、一度じゃないです。先生の問診のあと、施術の説明は私たちがするじゃないですか。そういうとき、彼女のほうから……」

「自分のほうから、って言うこと？」

「その現場を、直接見たわけじゃないからわかりません。だけど、たぶん……」

柳下さんははっきりしたことは言わない。

「患者さんと今もつきあっている、というのは本当です。それは私も耳にしましたから」

「でも彼女、もう別れたって」

「それはたぶん、別の人です」

きっぱりと彼女は言った。曲がったことが大嫌い、という彼女の性格は把握している。施術者としては有能だが、融通がきかない、という欠点にもなりかねない、とは感じていた。

「恋愛禁止令でも作ろうか……」

私は冗談で言ったつもりだったが、彼女は笑いもせずに深く頷いた。本当のことを言えば、クリニックのスタッフと患者さんが恋愛することはあり、だと私は思っていた。それくらいのことがあったっていいじゃないか。若い女性を雇っているのだから。けれど、そうした考えの裏に、元患者とはいえ、公平と食事を共にしている自分のうしろめたさがあったのは事実だ。

「そうやって、患者さんとぐずぐずになって、評判を落としたクリニックも知っています。男性院長が患者に手を出したとか」

耳が痛かった。自分のことを言われているような気がした。それゆえに、柳下さんには、公平とのことを絶対に知られてはならない、と私は思った。加えて、気になっていたことも聞いた。

「下田さんからは別のクリニックから引き抜きの話が来ている、ってことも聞いたんだけど……」

「先生、お言葉ですけれど」私は身構えた。

「先生は、少し、スタッフを信頼し過ぎていると思います」

「どういうこと？」

「別のクリニックからの引き抜きは、私にも成宮さんにも来ています。この業界ではありがちなことです。私はこのクリニックを辞める気はありませんけど」

「けど？」

「ここよりも良い条件を差し出されたら、私だってわかりません……」

自分の眉間に皺が寄るのがわかった。

「今の待遇に問題がある？」

「いえ、私はありません。給与も、時短勤務のことだって、先生には理解していただいているし……それでも」

柳下さんが言葉を続ける。

「少しでも良い待遇のクリニックを見つけたら渡り鳥のように飛んでいってしまう。それが美容皮膚科の、クリニックの世界です。次から次へと、違うクリニックを渡り歩くスタッフなんて珍しくはありません。先生だって、そのことはご存じでしょう？」

　言われなくてもわかっている。だから、佐藤直也に頭を下げて、ここのスタッフの給与もぎりぎりまで上げてもらっている。それで、彼女たちとの信頼関係も、ふだんの治療のフォーメーションもうまく回っていると思っていた。それだけでは彼女たちをつなぎ止めておくことはできない、ということか。

　今のスタッフが育つまでの労力を思い出したら、めまいがした。治療や接客の指導、ひとつのクリニックとして名を知られるまで、長い、長い時間をかけて、今がある。今のスタッフが一新されたら、また、それを一から始めなくてはならない。いったい、どうすればいいと言うのだろう。

　クリニックのドアが開いて、おはようございます、という成宮さんの声がした。

「その話はミーティングであげたほうがいいかな？」

「いいえ、ただ、先生のお耳に入れておいたほうがいい、という話ですから。表面上は皆、うまくいっていますし」

　そう言って柳下さんは頭を下げ、診察室を出ていった。

　表面上は、という言葉が鼓膜に残る。女子校の教師にでもなった気分だった。スタッフ三人だけのこぢんまりとしたクリニック。スタッフが少ないのだから、大きな問題など起きないと思い込んでいた自分の甘さを知った。

スマホが震える。見なくてもわかった。公平からのLINEだ。

〈松江城《まつえじょう》って黒白のコントラストが、めっちゃかっこええ〉

この人はいったい仕事をきちんとしているのだろうか、と思いながらも、私の指はなんと返信をしようかと迷っている。自分のなかで今の今まで張り詰めていた空気が、公平のLINEで抜けていくような気がした。結婚がダメになった公平の話を聞き、上から話をしているつもりだった。けれど、実際のところ、公平に支えてもらっているのだ、とはっきりとわかった。その思いが、好意という色を帯びた感情に変わっていくのに、それほどの時間はかからなかった。

公平とは二週間に一度のペースで食事をしていた。季節は冬を迎え、町はクリスマスムードで浮かれていた。どこで食事をしますか？　と聞かれたとき、私はできるだけクリニックから遠く離れた場所を選んだ。スタッフの誰かに、彼と会っているところを見られることだけは避けたかった。今の、私と彼との関係を誰かに説明するのは難しい。彼を誰かに紹介するのならば、年齢の離れた友人、ということになるのだろうか。気がついたときには、彼はもう、自分の元婚約者の話をしなくなっていた。もう気がすんだのだろう、と思っていた。その代わり、自分の仕事や会社の話、営業で訪れた地方の町の話をするようになった。私はといえば、クリニックでは絶対にできない、仕事の不満話を口にするようになっていた。スタッフのこと、患者さんのこと。そんな話ができる友人もいなかったのだから。彼は話を聞くのがうまかった。それが彼のする営業という仕事に関係しているのかもしれない、とも思った。ガス抜きをしているのだ、と思いながら、私は彼を頼り、弱音を吐いた。

その日も彼が選んだトルコ料理の店だったと思う。

「LINEは迷惑やない？」

「ぜんぜん。むしろ、楽しみにしてる。この年齢になると、あんなふうに気軽にLINEを送ってくれる人なんていないからね。ビジネスの話ばっかりで」

本音だった。

「この年齢て、赤澤さんよく言わはるけど、そういうの僕よくないと思うねん。僕、赤澤さんと話していて、赤澤さんが自分より年齢がずいぶん上だ、なんて感じたこと、ほんまないねん」

「そうは言っても、私はあなたより十四も上なんだよ」

「へえ……それが何か？　関係あるやろか。僕は赤澤さんと話していて楽しい。最初は……」

「最初は……？」

「今やから言うけれど、少し緊張していた。一所懸命に医大で勉強しはった院長先生やもん。……雇われてる、ってそれこそ自虐的に赤澤さんは言わはるけど、立派なもんや。一人親方と変わらん」

「一人親方」その言葉に私は笑った。

「そういう人がいちばんおもしろいんや。仕事で話していても、ふだんの話でも。みんな自分の道を自分で見つけはって、仕事に精出しとる。僕、人と会いたいから営業の仕事しとるんやろうなあ……」

「いろんな町にも行けるし」

「まあ、それはそうやな」彼が笑う。

「でも、そうやって仕事で行った町でいろんなもの見るやん。最近は赤澤さんに見てほしいのよ。同じもん見てほしいんや。また、赤澤さん、まじめやから仕事で忙しいはずなのに、ちゃんと返信してくれはるやろ。それがうれしい」

その言葉に、元の婚約者はそうではなかったのだろうか、とふと思った。近頃は彼は元の婚約者のことを滅多に口にはしない。それと反比例するように、私のなかで、彼女の存在が大きくなっていった。楽しい食事を彼女とすれば、彼女は何回、同じような時間を過ごしたのかと気になった。会ったことのない彼女に対して、憎しみに近い気持ちが浮かんでくることもあった。彼にすすめられるまま注文したトルコの蒸留酒、アニスの香りのするラクという酒を舐《な》めるように口にしながら、今日の彼はよく喋《しゃべ》ると、客観的に思ってもいた。自分もかなり酔っているのか、店内のざわめきが、かえって心地良く耳に響いた。

「赤澤さん、僕とつきあいませんか？」

彼が私の手に触れていることに気づいたのは、その言葉が耳をかすめてから、ずいぶん経ったあとだった。

「僕は、赤澤さんのことが好きや。僕は赤澤さんとつきあいたいと思っとる」

一人の女として心が動く、という経験を長いことしていなかった。心のなかにある氷山のようなかたまりが、ぐらりと動いた。そんなことを男から言われるなんて、いったいどれくらい経験していなかったのか。

「随分と酔っているんじゃないの？　あのねえ……私はあなたより十四も上なんだよ」

「それが何か関係ありますか？　赤澤さんはいやなんか？　僕とつきあうこと、赤澤さんはいやなんか？」

彼の強い視線が私の目を離れない。この人は若いのだ。この人は今、ひどく酔っぱらっている。からかっているのかもしれない。自分より十四上の女を。

「いやや……」

「……」

「……ない」

「やった！」

彼がラクのグラスをあおった。全面降伏という言葉が頭に浮かんだ。彼の言葉を真似て、からかって言ったつもりだった。ひどく口のなかが乾く。いや、逆に彼にからかわれているのだと思った。

「あの、本気？」

「こんなこと本気やなく言えますか？」

「だからさ、あなたは結婚がだめになって、ちょっと自暴自棄になっているんじゃないの？　そういう気持ちでそう言われたのなら、私もかなりダメージが大きいんだけども」

「僕のなかではあれは、もう、ぜーんぶ終わったことや」

きっぱりと彼は言った。その言葉で少し胸が軽くなったのは事実だった。

「赤澤さんのほうこそ、なんだかんだと、元夫が……って言わはる。赤澤さんのほうこそ、終わってないのと違います？　僕は赤澤さんが元夫が、元夫が、って言うたびに、なんだか自分が傷ついていることに気がついて、それで……自分が」

「私はあなたのことが好きだと思う。私はあなたとつきあいたいと思っている」

自分の発している言葉なのに、自分の言葉じゃないような気がした。よくも、こんなに恥ずかしいことが言えたものだ。けれど、そんな気持ちより先に言葉が口をついて出た。

「赤澤さん、ずっと僕といっしょにいて」

犬の顔で彼は言った。レコード会社の犬のマスコット。蓄音機に耳を傾ける犬の。いっしょに、という彼の言葉の真意は知らない。ずっと、という意味すらわからなかった。けれど、私は頷いた。

勘定を済ませて店を出る。いつもは折半していた勘定をその日、彼が出した。

「今日は僕が」

「じゃあ、次は私が」

「そんな規則みたいに決めなくてもええやないですか。出したいほうが出す。今日は僕が出したいから出す」

「……まあ、そうだね」

つきあう、と言ったものの、それがどういうベクトルで前に進むのか私にはわからなかった。普通の恋人同士のように、体を交わし、休日には同じ時間を過ごすのか。それが今の自分にできるのか、という疑心もあった。

帰り道、彼はごく自然に私の手を握った。これがつきあう、ということか。彼の手は熱かったが、汗などかいていなかった。私は彼の親指を握った。そのとき思い出した。こうして男と手をつないで歩くのなんて、父以来なのではないか。元夫と手をつないで歩いたことなどない。ほかの恋人ともそうだった。手をつないで歩く、ということが彼にとってはつきあう相手とまずすることなのか。そう考えたら、彼の若さに目がくらんだ。けれど、それが新鮮でもあった。彼と、十四も年下の彼と手をつないで歩いていることが、おかしくもあった。スタッフや患者さんや元の夫や玲に見られたらなんと言い訳すればいいのだろう。けれど、なるようになれ、という自暴自棄な気持ちがあった。

ふいにビルの隙間に連れ込まれる。口づけはあっという間だった。目を閉じる暇もなかった。彼の乾いた唇が一瞬触れただけだった。そうして、彼は私を抱きしめた。

こうやって抱きしめられるとき、自分の胸が彼の体との間にかすかな距離を作ることなど、ずいぶん長いこと忘れていた。私という人間が女としての輪郭を再び持ち始めている。彼の身長はそれほど高くはない。私は彼の肩に自分の頭をのせた。いつか、彼が家に来たとき、彼が使った毛布からした干し草のようなにおいがした。元夫とも息子とも違う。若い男のにおいだった。

「目を閉じなかった」

「え？」

「今、目を閉じなかったでしょう。何かほかのことを考えていた」

「地球の」

「え？」

「地球の北極と南極が入れ替わるようなことが自分に起きたんだって」

「北極と南極？　どういうこと？」

「それくらい驚いているって、こと。それくらい、うれしいってこと」

彼がもう一度、私に口づけをした。さっきとは違う深い口づけだった。彼の舌の甘くて苦い味を感じながら、私はもう目を開くことがなかった。

「あのね、今度、家にごはん食べにおいで」

「えっ」

「毎回、外で食事するのももったいないじゃない。家のほうがゆっくりできるでしょう」

「そんな夢みたいなこと……」

「大げさだなあ、私は料理が下手だし、たいしたものも作れないけれど……」

「ええんやろか」

「だって、私たちつきあっているんでしょう」

そう言いながら、再びつないだ手を私は彼の前に上げて見せた。彼がほんとうに心からうれしそうに笑った。その微笑みが、私の心をせつなさで満たし、風に流される雲のようにちぎっていこうとする。

好きな人に自分の作ったものを食べさせたいだなんて、そう思ったのは、もういったいいつくらい前のことなのだろう。彼の存在は氷河の下で眠っていたマンモス象のような恋愛の気持ちを掘り起こし、溶かし、蘇らせようとする。自分の胸の鼓動を感じる。女。その言葉はふいに私の脳裏に浮かび、羞恥という感情を私の心に焼きつけていく。彼の前にいる私は、美容皮膚科クリニックの雇われ院長ではなく、大学生の息子がいるバツイチの母親でもなく、ただの一人の女だ。そういう自分が、自分の表層に浮かびあがり始めていることが、たまらなく恥ずかしい。

彼が私を強く抱きしめた。いつか裸で彼と抱き合う日が来るのだろうか。その日が来ることが恐怖でもあり、同時にそれは今夜でもいいような気がした。

「来週」彼が口を開く。

「来週の日曜日」

「ん?」

「僕、赤澤さんの家に行く」

彼が宣言するようにそう言った。

「わかった」

そう言いながら、彼に最初に何を食べさせればいいのだろうか、と私はすでに悩み始めていた。彼は私の手を取り、歩き始める。彼がそれを臆する様子はない。私の手を、私の手の感触を彼がどう感じているのか、それだけが心配だった。大通りに出て、彼が手をあげてタクシーを止める。

「僕、明日、早朝からまた、四国なんや。赤澤さんも明日、仕事やろ。だけど、日曜日は大丈夫やから」

そう言って私一人をタクシーに乗せると、

「安全運転でお願いしますね」とタクシーの運転手に声をかける。ドアが閉まる。彼が手をあげて微笑む。私は後ろを振りかえったまま、彼の姿が視界から消えるまでいつまでも見ていた。せつなさと、愛しさが溢《あふ》れた。一人の男を好きになった。好きとは、こんなふうな感情だったか。私の母が、その人生の記憶のほとんどを失ってしまったように、私もいつか、こんな感情を、こんな夜を忘れてしまう日が来るだろうか。いや、絶対に忘れるものかと心に誓った。つきあう、と決めた夜に、なぜそう思ったのかは不思議だが、これが自分にとって最後の恋になるだろう、という強い予感があったからだ。


「なんだろうね。何かがいつもと違う」

佐藤直也は私の顔を見るなり、そう言った。

「いえ、スタッフから、先生ももう少し身ぎれいにしてほしい、と言われまして」

私は嘘をついた。若い男に恋をしている、と佐藤直也には知られたくはなかった。恋にうつつを抜かして、彼から請け負っている仕事に支障が出ているとは絶対に思ってほしくなかった。

私はその席でスタッフについての相談を彼にした。下田さんのことだ。彼はこともなげに言った。

「よくあることだよ。本当に辞めたいと言うのなら、辞めさせればいい。……ただね、そういうスタッフは必ず、次のクリニックで、君のクリニックの悪口を言うだろう。それは業界にも、患者にも自然に、必ず、伝わる。それだけは避けたいことだ」

私は薄張りのグラスに注がれたビールを口にした。少しぬるくなったビールは予想外に苦く感じた。

「下田さんたちが感じているのは多分……」

「多分？」

「給与に対する不満なのではないかと思うのです」

「彼女たちの今の給与はいくらだったか」

私はスタッフ三人、ひとりひとりの給与を口にした。

「決して悪い金額ではないと思うが」

佐藤の言うとおり、彼女らのもらっている給与はほかのクリニックと比べてとりたてて安いというわけでも高いというわけでもない。正社員であるからボーナスも年に二回ほど出る。ごく普通のサラリーマンの平均年収より、やや少ない給与を彼女たちは手にしている。

「それよりも、君が心配しているのは、そういうトラブルが今後もあらわれないか、ということだろう。患者を誘うようなスタッフがいること、そのこと自体の」

「そうです」素直に私は頷いた。

「患者に手を出すようなスタッフは本来、クリニックにいるべきではない。自由恋愛だと若い君は言うかもしれないが、そういうところから経営に亀裂が入るクリニックを僕は山ほど見てきた」

ちくり、とみぞおちのあたりをつねられた気がした。そして思った。業平公平とのことは、佐藤直也に絶対に知られてはならない。

「女性だけの職場です。それぞれみんな違う人生がある。そこにどこまで関与していいのか……」

「そんなものは君が考えるべきことではない。君はスタッフの母親役になる必要はない。クリニックに必要なのは、腕のいい、口のかたい人間だ。それにそぐわない人間がいるのなら、君のほうから手を切るべきだ」

こういう発言を聞けば聞くほど、彼は経営者であり、私の雇い主であることを意識させせられる。いつ自分が佐藤直也に切られる日が来ないとも限らない。その日が来ることは恐怖だった。今の自分の生活が、人生が崩壊する。

「その意志にそぐわない人間がいるのなら、君に刃向かうような人間がいるのなら、すぐにでも辞めさせるべきだ。君は院長なのだから」と佐藤はくり返し言った。

「もう少しお時間をいただけないでしょうか。今のスタッフを信頼していることは事実です。彼女たちがいなければ私の仕事はできません。そのために時間も割いてきました。新しいスタッフになれてもらうまでには時間も労力もかかります」

私は頭を下げ続けた。重苦しい沈黙が部屋を満たした。

「なら、今回だけは……」

「ありがとうございます」頭を上げずに私は言った。

「ただね……君のその甘さは本来、院長には必要ないものだ。君の甘さがいつか大きな出来事を引き寄せないとも限らない」

私は顔を上げた。

「人間的に美点であるものが、院長にとっては必要のないものであることが多くある。血など通っていなくていいのだよ。僕にだって、もう人間的なあたたかさなど、目を皿のようにして探してもどこにもない」

そう言って佐藤は疲れをにじませた顔で苦しそうに微笑んだ。そうだろうか、と私は思う。私という甘い人間を院長にする、ということ自体、経営者である佐藤にとって甘いことなのではないか。そんなことを考えながら重苦しい食事が終わった。その夜も、私と佐藤直也は同じ部屋で過ごした。こうして私と過ごすことも佐藤の甘さなのではないか。部屋に降りるエレベーターのなかで私はただ俯いて立っていた。いつもは、患者さんや同業者に会うのではないかとどぎまぎしていたが、今、心のなかにあるのは、公平のことだった。佐藤直也と同じ部屋に入っていくところを彼にだけは絶対に見られたくはない。

佐藤直也は、いつもと同じように、部屋に入るなり、ベッドに横たわり、私はそのそばの椅子に座った。彼の日常の、たわいもない話を、私は時々相槌を打ちながら聞いていた。

「民藝《みんげい》という概念を君は知っているか？」

私は首をふった。民藝という言葉は知っているが、概念など知らない。

「日本民藝館に行ったことは？」

「ありません……」

最近、見に行ったものといえば、業平公平と偶然に出会ったピーターラビット展だけなのだ。それを見に行ったことを佐藤には言えない。

「民藝は芸術家ではなく、民衆によるものだ。農民や漁師や、木こりが生活のなかで作ったものだ。素朴で、単純で、けれど、装飾性を重視し、華やかな色彩を用いることもある。機械的な大量生産のものにはない、魅力がある」

「はい……」

「君の仕事もそうあるべきだ。人の顔を同じように大量生産してはいけない。そういうクリニックは多い。モデルや俳優の顔を見れば、どこのクリニックで施術したのか、君ならわかってしまうはずだ。それは間違いだよ。その人らしさを、君の手で最大限に引き出すべきだ。それだけは約束してくれるか」

「はい」

「日本民藝館に絶対に行きなさい。君は僕の言いつけを守っていないようだから。絶対行くんだよ。いいね」

そう言っていつもの顔で笑った。

佐藤直也の言いつけ、を守るには、公平といっしょに行けばいいのではないか、と私の頭は不埒《ふらち》なことを考えていた。佐藤直也はそのまま深い眠りに落ちていった。余程、仕事で疲れているのか。彼を起こさないように、体にそっと毛布をかけながら、彼の顔を見た。佐藤直也が今、いくつなのか、その本当の年齢を私は知らない。けれど、眠ってしまった彼は、起きている彼よりもずっとずっと、年齢を重ねているように思えた。私はしばらくの間、椅子に座り、彼の顔を見ていた。見ながら、公平のことを考えていた。彼に何を食べさせればいいのか、何もまだ食べさせてはいないのに、彼の喜ぶ顔が浮かんだ。浮かんだ笑顔に胸がしめつけられそうになる。なぜ、公平との恋に、苦しみのようなものが伴うのか、そのときの私にはまだはっきりとはわかっていなかった。


「何もたいそうなものは用意していないの。恥ずかしいくらいに」

ドアを開け、公平のスリッパを用意しながら、私は彼を部屋に招き入れた。今日は公平はスーツではない。ベージュのニットの襟元にボタンダウンシャツがのぞいている。ああ、この人は、三十三歳の青年なのだ、と改めて思った。

「これはおみやげ。何がええかな、とデパ地下によったんやけど、なんやわからなくなってしもて、ワインとケーキと、それから……」

公平が背中に隠していた小さなブーケを差し出した。ぎゅっとつぼみが閉じたままの真っ赤な薔薇《ばら》だ。正直に言えば、そのときに私は泣きそうだった。彼がここに来る前に、この花を選んでくれたことがただ、うれしかった。

「わあ、ありがとう」と小さな声で言うのがやっとだった。花瓶はどこにしまったままだっけ、と思いながら、キッチンの棚を探る。本当なら、水揚げをしてから飾るのだろうけれど、それを見ながら食事をしたかった。やっと見つかった小ぶりの花瓶に薔薇の花束を挿す。

ワインをテーブルに置き、ケーキを冷蔵庫にしまった。ダイニングテーブルの椅子を引き、そこに公平を座らせる。彼はどこか緊張している。私だってそうだった。

たいそうなものは用意していない、というのは嘘だ。作ったのはパエリアで、初めて挑戦した料理だった。何か見栄えのいいパッとした料理、とネットで検索して。これがいいと決めたものの、まずはデパートに行ってパエリア鍋を買うところからのスタートだった。火にかけておけばできるもの、と高をくくっていたのに、最後の仕上げはオーブンに入れて表面を軽く焦がす、とあった。この部屋に引っ越してきてから初めてオーブンを使ったくらい、私は料理というものから遠ざかっていた。

早起きをして作ったパエリアはオーブンの中にある。私はキッチン用のミトンをしてパエリア鍋の取っ手をつかみ、テーブルの上に置いた。

「うわあ！　パエリアやんか。僕、めっちゃ好き」

「そうなんだ。よかった」と言いながら、私は冷や汗をかいていた。生まれて初めて作った料理なのだ。なぜ、もっと簡単なものにしなかったのか。魚の塩焼きと、いいんげんのごま和《あ》えとか……。けれど、驚くような料理を公平に食べさせたいという気持ちが勝った。

「うまくできたかどうかわからないけれど」

そう言いながら、私は公平の皿にパエリアをよそった。公平がワインのコルクを抜く。白ワインのラベルには林檎《りんご》の絵とＥｖｅという文字が書かれていた。アダムとイブのイブだろうか、と思いながら、その意味は深追いしないまま、私たちは乾杯をした。

「ん、んまい！」と公平はパエリアを慌てて飲み下し、ワインを口にする。私も一口食べてみた。米はうまく炊けていたし、味は悪くはないが、特別においしい、というわけでもない。これなら、スペイン料理店で食べたほうがいいだろう、という気がした。それでも公平は、うまい、うまいと、おかわりをして食べている。何かを男に作って、おいしい、と言われたのは、何年ぶりなのか、とワインを口にしながら私は考えていた。

高校時代の玲に、料理を作って、うまい、と言われたことは数えるほどしかない。離婚後につきあった二人の男をこの部屋に入れたこともない。どちらもごく短い間のつきあいで、今になっては、あれが恋愛だったといえるだろうか、と思うほどだ。元の夫は私が何を作っても、おいしい、とは言わなかった。もっと遡って、大学時代につきあった恋人たちに何かを作って食べさせた記憶もない。それなのに、なぜ、公平には自分で作った料理を食べさせたいと思うのか。

「うまい」そう言って笑う。外で食事をしていても、彼はいつもそう言って笑う。その笑顔が見たいからだ。私のこの決してうまくいったとはいえないパエリアを食べても彼は、うまい、うまい、と言って笑っている。おいしいと感じる閾値《しきいち》が低いのか、という疑心も生まれるが、とにかく彼が喜んでいるのならよし、としようと思った。何より私が見たかった彼の顔が見られたのだから。

「ケーキはもう食べられへん」

そう言いながら、彼がおなかをさする頃には、午後八時に近かった。

「コーヒーでもいれようか」

そう言って私はキッチンに立った。シンクの中には、私がパエリアと格闘した証の、食材の切れっ端や使ったボウルが乱雑に置かれていた。彼が立ち上がり、食べ終わったお皿をキッチンに持ってくる。

「水につけておいたら僕があとで片付けるから」

ジェネレーションギャップという言葉が頭に浮かんだ。こういうことをさらっと言えるのが今の三十代なのか、とも思った。私が料理を作ったとき、玲にも、元の夫にもそんなことを言われた覚えはない。玲は私に言われれば、文句を垂れながらしぶしぶ皿を洗った。けれど、元の夫が料理を作ったときには、彼が後片付けまでしたのは数えるほどだったのではないか。男にとっても女にとっても時代はいい方向に進んでいるではないか。私が若い頃よりずっとずっといい方向に。

彼はごく自然にソファに座った。私がつけたままだったエプロンを外すと、彼が自分の隣の場所をぽんぽんと叩く。

「自分の家みたいに」

そう笑って言いながらも、私は彼の隣に座った。彼の肩に頭をのせた。彼とくちびるを触れ合わせる。三度目の口づけだ、と私は思った。公平とこれから何度口づけをするのだろう、と私は思った。彼の手が首筋に触れ、私の腕が粟立《あわだ》った。性欲、というものがまだ自分のなかにあることを知った。いや、それは初めて彼と口づけをしたあの夜から、私のなかで灯されたものだった。けれど、公平はそこまでのことをするだろうか、という疑心もあった。十四も年齢が上の女と公平は寝たいと思っているだろうか。ないのならないで良かった。正直なことを言えば、手をつなぎ、くちびるに触れてくれさえすればそれでよかった。彼の手がニットの裾から侵入してくる。怖かった。裸を見られるのが。けれど、彼の手は私の体をまさぐる。着衣のまましたって、いいのではないか、とふと思った。ニットを脱がされる。デニムにブラジャー姿、という情けない姿になった。彼が立ち上がり、自分のニットを脱ぎ、シャツのボタンを外す。そうして、私の体に覆いかぶさってきた。

「ちょっ、ちょっと待って」私は彼の体を押し戻した。

「何が」

「本気？」

「えっ」

「あの、本気で私としようと」

「何言うてんの」

「だって」

「赤澤さん、初めてするわけじゃないでしょう？」

　彼が笑いながら言う。

「……あのね、正直に言うね」

「うん」公平が隣に座り、私の頭を撫でた。

「今、ものすごく緊張している」

そう言うことにすら勇気がいった。

「僕もや。だけど、僕、赤澤さんとこうしたいんや」

彼が私の目をのぞきこみながら言う。その目に暗い炎のようなものが灯っているような気がした。私は死ぬまでにあと何人の男と寝るだろう。男に体を求められるのはこれが最後なのではないか。男にこんなふうに見つめられる機会などもう来ないかもしれないのだ。それならば。

キッチンとリビングの灯りを消した。私は公平の手を取り、寝室に誘った。灯りはつけなかった。一度、彼がベッドサイドテーブルのランプを灯そうとして、その手をひっぱった。見苦しい裸体は見られたくなかった。公平が自分の服を脱ぎ、私も自分の服を自分で脱いだ。妊娠の危険などほぼないのに、彼に避妊具を渡した。それも昨日、私が自分で買ったものだった。明日は公平と体を交わすことになるかもしれない、と思ったとき、すぐさま性感染症、と、医師の頭で思って買った。

彼が私の両足を開き、いちばん見られたくはない部分に口をつけた。濡れているのが自分でもわかった。年齢を重ねても濡れるものなのだ、と自分の体の不思議を思った。私は公平自身を口にふくんだ。私は正直に言えば、この行為が好きではない。けれど、お返しのような気持ちだった。縁を舌でなぞり、全体を口いっぱいに含んで顔を動かした。苦しげな吐息が頭から降ってくる。公平は早急だった。私の踵《かかと》を摑んだまま、両足を折り曲げて、私のなかに入ってくる。最初は異物感があった。何年ぶりのセックスなんだろうと数えてはみたが、すぐに快感の波にさらわれてわからなくなった。声を出すのはためらわれた。口を閉じて耐えた。彼の汗が私の顔に降ってくる。彼が登りつめていくのがわかる。自分が逝くことなんて、どうでもよかった。自分の体が彼に快感を与えていることがうれしかった。

「声」息も絶え絶えに彼が言う。

「声、出して」

そう言われたときに快感がダムの放流のように流れていった。ためらわずに声を出した。医師でも、母でもない、女の声で私は叫んだ。彼の腰の動きが速くなる。私も昇りつめていた。

そのとき、私たちはただの男と女だった。彼とほとんど同時に果てたとき、自分は女だったのだ、と私は思った。

三章　オシロイバナ

「セックスで綺麗になる」という特集記事が女性誌で組まれたのはもう何年以上前になるのだろうか。その当時、夫婦問題ですでにもめていた私は、なるわけないだろう、と鼻で笑っていたが、公平と寝るようになってからというもの、もしかしたらそれは本当なのかもしれない、と思うようになった。

「先生、最近綺麗ですね」

「雰囲気が柔らかくなった」

「なんだか若くなってません!?」

スタッフや患者さんからそう幾度も言われるようになったからだ。いつか何かの論文で読んだことがある。セックスをすると「オキシトシン」という脳内ホルモンが分泌され、ストレスを緩和したり、メンタルも明るく前向きにしたりするのだと。また、別の論文でも読んだ。「定期的にセックスをする人はしない人よりも五〜七歳若く見える」と。それが本当なのだとしたら、確かに定期的なセックスが私を綺麗にしているのだ。私の容姿の変化が論文の正しさを証明している。あの女性誌の特集が嘘だったとは言えない。

着るものも少しずつ変わった。今までよく着ていた黒い洋服を着なくなった。とはいえ、年下の公平にあわせて若作りするというのも、イタい、ということは重々わかっていたから、ベージュピンクや菫色《すみれいろ》のシフォンブラウスなど、綺麗な色で素材のいいものを身につけるようになった。

ほうれい線がやや目立っていた自分の顔に自分でヒアルロン酸を打ち、患者さんの来ない時間には、スタッフに「練習台になってあげる」といってレーザー治療すら受けた。セックスには運動と同じ効果もあるのかもしれない、と思ったのは、シャワーを浴びたあと、洗面所の鏡に自分の裸体を映したときで、下腹部のほんの少しのたるみはそのままだが、ウエストのあたり、今までなかったようなくびれのようなものができている。

外見の変化はもちろんだが、何より、公平という若い男が私の体を欲している、ということが、私にとっての何よりの幸福だった。過去の恋愛を振りかえってみても、結婚生活を振りかえってみても、自分はそれほどセックスに興味が持てなかった。元の夫は夫婦関係が悪化しても、まるで判で押したように週に一度は体を求めてきたが、嫌悪感があっただけだった。正直なことを言えば、公平のセックスが過去の男たちと比べて格段にうまい、というわけではない。けれど、好きな男と寝ている、という優越感と幸せが、私の体に変化を起こした。

時折、例えば、患者さんの顔を施術しているときに、どういう理屈なのか、そのときの記憶がふいに蘇るときがあった。眉間に皺を寄せた苦しそうな公平の顔。私が上にいたときだった。

「どこか痛いの？」

「いいえ、気持ちがええんや。すっごく」

そういう会話を思い出しては、下腹部の奥が熱くなった。

公平は毎週、私の家にやって来るようになった。土曜日の午後にやってきて、私が夕食を作るか外食をし、日曜日の昼間を共に過ごして夜になる前に帰っていく。

平日の夜、さて、もう寝ようか、とベッドに入ったときにスマホが鳴ることもあった。

〈今から行ってもええやろか〉

本音を言えば、明日の仕事にさしつかえないように眠っておきたかった。ロングスリーパーなので、最低でも七時間は眠らないと翌日は頭がまわらない。それでも少し考えたあとに、〈ＯＫ！〉と動くクマのスタンプを公平に送っていた。

深夜にやってくる公平は大抵酒に酔っていた。営業という仕事柄、接待も多いのだと聞いていた。めったなことでは仕事の愚痴は口にしなかったが、

「飲んでいる間中、奈美にほんまに会いたくて」と言われれば、私は無条件で彼を抱きしめた。私は酔っている彼に簡単な食事すら用意した。食事とも言えないようなお茶漬けやうどんや、そんなものだ。玲の大学受験のときに夜食に作ったような料理。彼には食べさせなければならない、という強固な思いがあった。昭和に生まれた女の刷り込みなのかもしれない、と思うこともあった。けれど、私がそうするのは心から愛している人にだけなのだ。玲、そして公平。元の夫がたまに入ってきた仕事で深夜に帰ってきたときは、そんな気持ちを抱いたことはない。

「奈美の料理はほんと薄味でええわ。胃が休まる」

そう言って彼はうれしそうにうどんをすすった。ネット通販でも買える高級おだしを使っていることを彼は知らない。私はそれを冷蔵庫の奥の、目につかないところに隠していた。

「シャワーを浴びて早く寝なさい」

「いやや。もう眠たくて眠たくて」とスーツを脱ぎ散らかしながら、彼はベッドに入ろうとする。

「歯磨きだけでもしなさい」

母親か、と思いながらも言った。公平はのろのろと洗面所に足を向ける。脱いだスーツはハンガーにかけてクローゼットにしまった。クローゼットの隅と、チェストの一段は公平が着るスーツやTシャツや下着で埋まっていた。この部屋で脱いだワイシャツやスーツは公平が自分でこの近所にあるクリーニング店に出しに行き、自分で取りに行っていた。この状態は「半同棲」と言ってもいいのではないか。そう思うこともあった。

歯磨き粉のペパーミントのにおいをさせて彼がベッドに入ってくる。両手を広げ、「奈美」と私の名を呼ぶ。平日にはセックスはしなかった。それでも二人、抱き合って眠った。

私は腕枕が好きではないが、同じベッドに入ると、公平はいつも腕を伸ばしてくる。苦手なんだけどなあ、と思いながらも言い出せず、私はそっとその腕に頭を載せる。私が彼のほうを向けば、自然に彼に抱かれる形になる。腕枕はいつになっても慣れることはなかったが、胎児のように体を丸め、彼に抱かれていると、どこまでも深く眠ることができるのが不思議だった。一人ベッドにいるときには、翌日の仕事のことを考え、まるで戦闘に備えるかのように浅く眠っていた。公平との眠りは真逆だった。平穏な時間だけがそこにあった。私は赤んぼうのころに母に抱かれたときのことを思い出した。公平と手を繋《つな》いでいるときには、父のことを思い出し、公平と眠っているときには母のことを思い出した。幸せだった子ども時代の記憶がわき上がってくるのが不思議だった。愛し愛されて、心が安定している。そんな状態を味わったのは何年ぶりのことだろう。風呂に入っていない公平の脇の下の男くささを感じながら、私は今、なんて幸せなのだろう、と心から思った。

けれど、それは私だけの思いで、公平がどう思っているのかはわからない。外に出かけるときはいつものように手を繋ごうとする。すれ違う人たちに好奇の目を向けられたことはないが、「十四歳下の男とつきあっている」というのはほかの誰かが見ればひどくグロテスクなものに見えるのだろうと、自覚もしていた。

ある日、いつものように、日曜日のブランチを公平ととっていると、玄関ドアが開く音がした。あ、と思う間もなく、玲が特徴のあるすり足のような足音を立てながら、リビングのドアを開けた。私も公平もスエット姿で誰がどう見ても寝起きだとわかる。玲がちら、と公平に目をやり、頭を下げた。公平も頭を下げる。

「いや、ちょっと取りに来たかったものがあるから」

そう言うと、今は物置のようになっている玲の部屋に入っていった。しばらくすると、トートバッグに何かをぱんぱんに詰めて部屋を出てきた。

「あのね、こちら業平……」

「あ、僕もう帰るから。どうぞごゆっくり」

そう言うと再び頭を下げて廊下を歩いていく。私は玲の背中を玄関で見送り、「またね」と声をかけると、なんともいえないような表情で私を見て、エレベーターのほうに歩いて行く。

部屋に戻ると公平がなぜだかテーブルから立ち上がっていた。

「どうしたの？」

「あんな、大きな息子さんおんねんな……。知ってはいたけど奈美は普段、そんなふうに見えへんから……」

「この部屋に来たの、ずいぶん久しぶりだよ。心臓が止まるかと思った。……さあ食べよう」

そう言って私は公平のカップに紅茶を注いだ。

「僕もや。なんというか、現実がどーんと目の前にあらわれたというか……」

「あんな大きな息子がいるおばさんなのか、って？」

「いや、そんなん違うねん。奈美があの息子さんを産んで、ちゃんとあそこまで育てたという年月の重みが……」

そう言うと、公平はカップに口をつけて渋そうな顔をした。そのカップに私はミルクを足す。

「ほんまのこと言えばな……」

「うん」

「なんか僕、今、めっちゃ緊張しててん。結婚相手のお父さんに会ったような気持ちや」

「まあ、不意打ちだったしねえ」

「でも、とってもええ息子さんや。僕、見たらわかる」

「そんなこと一目見ただけでわかる？」笑いながら私は言った。

「何年、営業の仕事してる思てんねん。人を見る目、僕はある。あの子は素直でええ子や」

ええ子や、と言われてふいに胸の内側のやわらかいところをつままれた気になった。玲から父親を奪った自分。大学進学と同時に家を出たいと言い出した玲。私に対して何を考えているかわからない。多分、父親と同じように嫌われているのだろう、と思っていた。誰かに自分の産み育てた子どもを、ええ子や、などと言われたことはない。その玲を公平は肯定してくれた。

「ありがとう……」

「今度、三人で飯でも行けたらええな」

そう言って公平はもうすっかり冷めてしまったであろう、ハムエッグを頬張る。そんな日がいつか来るのだろうか。今の自分には夢みたいなことだ。そう思ってはみても玲の本心はわからない。

けれど、その数日後、玲からは〈家に帰る前にはＬＩＮＥを送るから〉とただ一言、スマホにメッセージが送られてきた。公平を見て、母親と過ごしていた男は随分と若い男だとわかったはずなのに。それでも、その一言がうれしかった。公平が言うように、「この人がお母さんの恋人なの」と胸を張っていつか玲に言えたら。そんな自由を手にすることができたら。私の人生はもっと輝きを増していくように思えた。

日曜日は佐藤直也に言われていたように、公平と美術館に足を向けた。公平は私の提案に反対することはなかった。駒場《こまば》にある日本民藝館に行ったのは、年の暮れも押し迫った寒い日のことだった。一人で美術館や美術展に行くと、ろくに作品を見ないうちに足早に去ってしまうが、公平はひとつひとつの作品をじっくりと見ていくタイプだ。何をそんなに見ることがあるのだろうか、と思いながら、私も彼の歩調に合わせて時間をかけて作品を見た。日本民藝館は柳宗悦《やなぎむねよし》が中心となって建てた民家のような建物で、「こんな家に住めたらええな」と磨き上げられた床を進みながら公平がぽつりと言った。誰と？ と聞きたかったが黙っていた。

展示されている日本や朝鮮半島、台湾などの陶器や木工などにはあまり興味を持てなかったが、日本の染織には心を惹かれた。着物など成人式以来、着たことはなかったし、母が大量に持っていた着物なども彼女が老人介護施設に入ったときに、あらかた処分してしまったが、なぜだかここに展示されている素朴な着物は着てみたいと思った。

「奈美が着たら似合うやろな」

言われたかったことを言われて心が躍った。

展示を見終わり、ミュージアムショップでずっと気にかかっていたことを聞いた。

「ピーターラビットのマグカップ……」

「ああ、あれ可愛いやろ」

「うん、クリニックで使ってる。あれ、本当は誰に買ったの？」

「…………」公平はしばらく黙っている。

「僕も自分の職場で使おうと思ってん。……いや、違う、本当は」

民藝館を出ながら公平がつぶやく。

「元の彼女や。彼女に買ったんや」

答えがわかっていてわざと聞いた。それは出来かけの瘡蓋《かさぶた》を自分の手で剝がしてしまうような自虐的で甘い痛みを持った問いだった。

「でも、もう、本当になんにもないねん。ゼロ」

そう言って公平が手を繫いできた。

「奈美は美術のことが好きなんやな」

「女性の美を追究する仕事だもん。美しいものにはいつもアンテナを張っておきたいんだよね。何が美しいと感じるか、それをいつも知っておきたいし、アップデートもしたい。だけど、新しいものがいつも美しいとは限らないでしょう」

完全に佐藤直也の受け売りだった。

「超、がつくほど真面目やなあ。休みの日も仕事のこと考えて」

「あきれた？」

「いや、奈美のそういうところは僕、好きや」

両側に民家が並ぶ細い道を手を繫いで二人で歩いた。公平は私の歩幅に合わせて、ゆっくりと歩いてくれる。そんな日がいつまでもいつまでも続けばいいと思った。

「なんや、僕、あそこで台湾や中国の器やら見ていたらまた、旅に出たくなったなあ」

「また、行けばいいじゃない」

「学生時代みたいなバックパッカーの旅はもうできひんやろ」

そう言って公平は繫いでいないほうの手をぐるぐると回した。

「いつか、奈美と行けたらええなあ。長い旅、目的もなしに、思いつくままにうろうろ」

「私は三ツ星ホテルじゃないといやだよ」

「それでもええ。奈美と旅をしたい。いつか。……そうだ」

「ん？」

「この近くに僕行きたいところあんねん。少し歩くけれど行ってみいひん？」

「もちろん」

私の都合で民藝館につきあわせたのだから、公平の行きたいところに行こうと思った。

「東京ジャーミイっていうモスクがあるんや。そこを奈美に見せたい」

しばらく歩いて、井の頭《いかしら》通り沿いにあるモスクに着いた。タクシーで前を通ったことはあったが中に入ったことはなかった。

「ここはイスラム教徒でなくても見学できるんよ。奈美はイスラム教徒ではないよな？」

「うちは天台宗」

ふはは、と笑いながら、二人で重いドアを開けた。

「わあ！」と思わず声が出た。ドーム状の高い天井、つり下げられた巨大なランプが飴色のあたたかな光を放ち、ステンドグラスの窓から入る光が室内に万華鏡のような模様を投げかけている。さっきまで民藝館で侘《わび》、寂《さび》に見入っていた目にはその鮮やかさが目に染みた。けれど、ここは宗教施設だ。どこか厳かで涼やかな空気で満たされている。

「僕な、大聖堂とか教会とか神社とか、こういうモスクとか、旅に出ると必ず寄ってしまうねん。それで訳もわからずお祈りしたりしてな。僕、お祈りしてもええやろか」

そう言って礼拝堂に続く階段を上った。

「ただ、女性はこの上の階なんよ。申し訳ないけれど」

「気にしないよ」そう言って私は一人で上の階に上った。入り口にヒジャブが用意されている。私はそれを頭にまとった。上の階から公平が見えた。ほかには人がいない。公平は立った姿勢のまま、おなかに手をあてている。公平の後頭部が見えた。再び、薄毛の治療をしたほうがいいのではないか、と思ったが、最近、公平がその悩みを口にすることはない。年上の私とつきあっているからだろうか、と邪《よこしま》な考えが頭に浮かぶ。ここは聖なる場所だ。何を考えているのだろう、と思いながら、私は床に座り目を閉じた。

この恋がずっと続きますように。そんなことを考えるのはこの場所では不埒だと思いながら、それでもその願いを心のなかで唱えていた。目を開けると、公平はまだ、その場所に立ち、しばらくすると振りかえって遠慮がちに手をあげた。あそこにいるのが自分の愛している人だ、と思うと、胸が締め付けられるようだった。礼拝堂の入り口で公平を待った。どことなくすっきりとした顔をしている。

「あそこにいた奈美、綺麗だった」

好き、綺麗、彼はなんのためらいもなく口にする。最初は照れて何も言葉を返せなかった。

「ありがとう」と言えるようになったのは最近のことだ。

「何をお祈りしてたん？」

「内緒だよ。あなたこそ何を祈っていたの？」

「奈美とずっといっしょにいられますように……それに」

「それに？」

「まあ、地球平和とかそういうことやな。人類が皆、健康で平等で平和に過ごせますように」と茶化して公平は言ったが、もしかしたら亡くなった母親のことなのではないかと思った。私は公平の背中を摩《さす》る。

「奈美にそうされると安心するんや。なんでか、いや、この話気持ち悪いか」

「なによ」

「母さんのことを思い出したりもすんねん。奈美に触れられていると。おかしいやろ？　気持ち悪いやろ？　あ、いや、奈美が年上だからそう思うのと違うんやで。母さんが子どもの頃、公平気張りや、って言って背中を摩ってくれたことを時々思いだすんや」

「同じだよ」公平が驚いた顔をする。

「私も同じだよ。なんでだろうね。私も公平と手を繋いでいたり、いっしょに眠っていると、父さんや母さんのことを思い出すよ」
公平があたりを見回した。二人以外誰もいなかった。夕陽が差しこむ礼拝堂の入り口に隠れるようにして、私たちは軽く口づけをした。そうされながら、私はもっともっと、ただの女になりたいと強く思った。

公平のことを愛すれば愛するほど、やってきたのは嫉妬の気持ちだった。誰かを好きになって、そうした気持ちを抱いたことがなかったわけではない。けれど、この恋は別だった。それは私が公平よりもかなり年齢が上である、ということが作用しているはずだった。公平と同年齢の女性が公平にはあっているのではないか。馬鹿なことだとわかってはいるが、私はクリニックにやってくる女性患者にも嫉妬を感じることがあった。この人が公平とつきあっていたら。この頃の私は少し変だった。公平のことが好きすぎて頭がおかしくなっていた。町で若い女性を見たり、クリニックにやって来る若い女性を見ると、公平に似合いなのは、ああいう女なのではないか、とわざと想像をして、自虐的な苦しみに酔っていた。自分の心に黄色信号が灯る。これ以上、好きになってはいけない。いつか別れがやってきたら、自分の心は崩壊してしまうのではないか、そんなおそれを抱くこともあった。この男を放したくはない。そんなことを思ったのは生まれて初めてのことだった。

恋のときめきなど三ヵ月も経てば色褪せる。そう、頭ではわかっているのに、私は納得していないのだった。正月に神戸に帰省した公平に送ったＬＩＮＥがしばらく既読にならないだけで、心が迷った。人類はなんという文明の利器を発明してしまったのだ、とスマホをソファに放り投げた。

「何、かりかりしてんの」

そう言ったのは、年末年始に帰省している玲だった。

〈年末年始は帰ってもいいのですか?〉と妙に改まったＬＩＮＥが送られてきて、〈もちろんいいですよ〉と母親の顔で返した。正月といっても、既製品のおせちをテーブルに出し、お雑煮を作ったくらいで、それが我が家の定番になりつつあった。もし公平が正月にいたら、私は手のこんだ何かを作っただろう、と思うと、母親よりも恋愛を優先させている自分にあきれた。クリニックは五日からで、四日まで玲は家にいるという。彼は大学の課題を家のダイニングテーブルで始めた。私も元旦に玲と二人で初詣に行った以外はとりたててやることもない。仕事部屋のデスクに座ったものの、スマホばかり気になっていた。コーヒーでも飲んで頭をクールダウンさせようと部屋から出たときに、もうこんなものに一喜一憂するかと、ソファにスマホを投げたのだった。

「既読にならない、とかそんなところでしょう」

パソコンから目を離さず、笑いもしないで玲が言った。

「俺なんかLINE、三日も見ないことあるけど」

ぎょっとした。玲が私の恋愛の話をしているのだ。

「既読にならない、とか、騒ぐ女って、ちょっと重いよね」と歌うように言い、パソコンのキーをまるでピアノを弾くように叩いた。ふん、と思いながらも、私は感慨に耽《ふけ》っていた。自分が産んだ子どもと自分の恋愛の話をする女性がこの世に何人いるのか。「そこまで親子で話す事!?」と世間は言うだろう。けれど、これが私の息子、親子関係なのだ。コーヒーをマグカップに淹《い》れ、玲のパソコンの横に置く。私はソファに座り、彼を見るともなしに見た。面影が公平に似ている。そのことに驚いたのだった。元夫には今はまるで気持ちがないとはいえ、息子は彼と愛しあって生まれた子だ。それゆえに息子が一度は愛した夫に似るのは変えようのないことだ。けれど、玲が公平に似ているというのは意外だった。もちろん、私に、インセストの欲望などあるはずもない。元夫と公平は容姿すら似ていない。けれど、玲が公平にどこかしら似ているということは、私のなかで好きな男のライン、というぶれようのない一本の線があることの証明なのだ。

「あなた、彼女いるの？」私は思わず聞いた。

「いるよ、うちの大学に来た韓国人の留学生」

「へー、知らなかった」

「俺、同い年の子と初めてつきあったから、よくわからん」

そう言って何事もないかのようにパソコンのキーを叩く。高校生のときに彼女がいることは知っていたが、今の彼女以外「年上」だったことなどまるで知らなかった。

「……今度、食事でもする？」そう言ったあとに付け足した。「みんなで」

「ぜーったいに嫌！」

ターン、とキーを叩く音がリビングに響いた。

「それに……」

「ん？」

「恋愛で一喜一憂している母親を見るのって、子どもにとっては……」

「…………」

「……まあ、最後までは言わないよ。察して」

母親が恋愛をしているのをそばで見るのは気持ちが悪い。それが彼の本音だろうと思った。

「悪かった。ごめん……」

私がそう言っても彼は素知らぬ顔でパソコンに向き合っている。その日以来、私は時たまやってくる彼の前では一切、恋愛の気配を消した。彼とわかり合えている、と思ったことも、私の独りよがりだった。彼の前では「ただの母親」でいようと心に誓った。

それでも、「既読にならないとか騒ぐ女って重いよね」と玲に言われても、公平からのＬＩＮＥの返信が来るまでは、なんともいえないもやもやした気持ちが続いた。これじゃ高校生と変わらない。〈今、どこで何をしているの？〉とメッセージを送るのは気が引けた。本当は〈誰といるの？〉とまで書きたい気持ちはあったが、さすがにそこまでいくと自分という人間が気持ち悪くてたまらない。

やっと四日になって、公平からの〈これから東京に帰るわ〉、と書かれたメッセージを読んでいるときの自分はまるで尻尾を力いっぱい振っている犬のようなものだった。

〈五日の夜には奈美の家に寄る〉とＬＩＮＥを送ってきたが、夕方になって、〈新年会で帰れそうもない〉と返されて、ランチタイム中にデパートの地下で大量に買ってきた食料はどうすればいいのか、と途方に暮れた。つきあい始めの頃には、頻繁に仕事中に送られてきたLINEも以前ほどではない。それまでは公平が今、日本のどこにいて、何を食べ、何を見ているのか、を把握できていたが、LINEが来なければ、途端に、彼の動向がわからなくなる。若い男に懐かれている、と浮かれていたのは、随分と短い間で、今や自分が公平に懐いてしまっている。

そうして季節は春を過ぎ、初夏を迎えようとしていた。

公平は毎週末、家にやって来た。ただ、それだけでいいと思っていたが、私の部屋で仕事をするようになる、という変化があった。正月には息子が座っていたダイニングテーブルでノートパソコンを開き、難しい顔をして画面を睨《にら》んでいる。奇妙な緊張感がそこにはあった。とても「美術館に行かない？」と言い出せる雰囲気ではない。

公平にコーヒーを淹れて持っていくと、

「飲みたくなったら自分で淹れるから。奈美も仕事しとき」と険しい声で言い返された。そんな言い方を公平が私にしたのは初めてのことだった。

「こないな難しい注文、俺にどないせえっちゅうねん」

耳に心地いいと感じていた関西弁も、なぜだか険のある音に聞こえてしまう。新年度から、難しい発注主を抱えているのだ、という話は聞いていた。そのための接待にも時間が割かれていると。それでも、公平の仕事の愚痴を受け止める余裕は私にはなかった。思わず口にしていた。

「家に来てくれるのはうれしいけれど、仕事だけするのなら、自分の家でやってくれない？」

幾度、男たちにこんなことを言ってきたのだろう、と思う。言いたくはないこと。けれど、言わずにはいられないこと。二人の間に亀裂が入るとわかっていて、口にしてしまうこと。本当は、寂しい、とだけ言いたいはずなのに、口から出てしまう、まったく違う言葉。公平との間でもほかの男たちと同じようなことが起こるとは思いたくなかったが、発してしまった言葉を口のなかに戻すことはできない。公平がぱたりとノートパソコンを閉じる。

「奈美のそばでしたかったんや、仕事」

ぷいと、子どものように顔を背けて、パソコンを鞄にしまう。

「今、忙しいから、しばらくは来られへんかもしれん」

そう言って、鞄を手に取り、部屋を出て行く。正直なことを言えば、その腕にすがりついて、「さっきはあんなことを言ってごめん」と言いたかった。けれど、私にもプライドというものがある。言いなりになるだけの女ではない、と公平に思ってほしかった。けれど、玄関のドアが閉められた途端、どっと大きな後悔が押し寄せてきた。その日から、公平からのＬＩＮＥは途絶えた。それでも私はスマホを毎晩、握りしめて寝た。

公平からのＬＩＮＥはもう二週間以上途絶えていた。けれど、これで終わるわけがない、という確信が私のなかではあった。それでも、このまま駄目になってしまうのでは……と思わなかったわけではない。もし、その日が来たら、私はどうなってしまうのだろう、という不安を常に抱えていた。それでも仕事があってよかった、と思わずにいられなかった。仕事中は公平のことを考えずにすむ。

三週間後、公平から〈この前はすまんかった。忙しくて余裕がなくて。今日の夜、行くわ〉とメッセージが来たときは踊り出したくなるくらいうれしかった。そうやって近づいたり、離れたりしながら、二人の関係は続いていくのだと、そう信じていた。

ある日、クリニックに一人の若い女性がやってきた。ほかの患者さんと同じように私が問診をした。二十九歳の若い女性だ。施術など必要ないのでは、と思うような肌だったが、美白効果を高めるためにレーザー治療を受けてみたい、と言う。なぜだかその女性にじっと見つめられた。患者さんがそうするのは不思議なことではない。私の顔の状態をチェックするように見る患者さんは少なくない。けれど、彼女の視線はどこかしら、鋭さを感じさせた。カルテに目をやる。植本夏子《うえもとなつこ》、とある。ここに来るのは初めての患者さんだ。いつものように柳下さんが施術の説明をし、彼女にアシストしてもらいながら、植本さんの顔にレーザーを打つ用意をした。

「痛みを感じたら、おっしゃってくださいね」

「随分……」

最初彼女が何を言ったのか聞こえなかった。私は手を止めた。レーザー機器の低く鈍い稼働音だけが部屋に響く。

「随分、おばさんですね……」

彼女が起き上がって振り返り、私を見る。彼女の首のまわりにかけていたタオルが床に落ちた。

「患者の若い男に手を出すクリニックって、最低じゃないですか？」

「あの、ちょっと……」

柳下さんが思わず口を開いた。植本さんが椅子から立ち上がり、私に向き合った。

「院長自ら、婚約者のいる患者に手を出すクリニックって最っ低！」

それだけを言うと彼女が部屋を出て行った。柳下さんが口を開く。

「……先生、それって。……下田さんと勘違いされてません？」

「多分ね……」

そう取り繕ったものの、私は自分の顔から血の気が引くのを感じていた。

「それだけ言いにわざわざ来たんですかね。どういうつもりなんだろう」

植本夏子、と記されたカルテを見ながら、彼女が公平の「元」婚約者なのだと、私はそのとき初めて知ったのだった。彼女ははっきりと「院長自ら」と言った。それを聞いて柳下さんが何かを感じないわけがない。

「やっぱり、あのこと、ミーティングにあげたほうがいいんですかね……」

「いや、まだ少し様子を見よう。また、彼女が来るようだったら、私もなんらかの措置を考える」と言ったものの、そのときの私には植本夏子が再びここに来るかもしれない、という恐怖心しかなかった。彼女がどういう経緯で私と公平との仲を知ったのかはしらないが、あの口調では、公平と私が男と女の仲である、ということまで把握している。そして、それはクリニックに突然やって来た植本夏子だけではなかった。

その日の夜は、佐藤直也と会うことになっていた。

いつものようにクリニックの経営状態について報告をし、アドバイスを受けた。

「君からの報告はそれだけなのか？」

「えっ」

「君はなにか僕に報告することを忘れてはいないか」

今日の一件のことだろうと思った。けれど、なぜ、それを佐藤直也が知っているのだろうか。

「クリニックの評判に関わる大事なことだよ。君が院長としてこの仕事を続けていくための……」

「確かに一人の女性がやってきました。スタッフに婚約者をとられた、と……」

「スタッフ？」

そう言って佐藤直也はビールのあとに頼んだ白ワインを口にした。

「クリニックで何が起こっているか、僕に報告しているのは君だけではない」

そんな話は今、初めて聞いたことだった。

「誰がそれを……」

佐藤直也は私の問いに答えず、ルームカードを手に立ち上がる。私に拒否する権利はない。けれど、今日ほど、彼と同じ部屋で過ごすことに嫌悪感を抱いたことはなかった。いつものように彼がベッドに横になるのだろうと思っていた。彼が私の両肩を押す。ふいをつかれた私は簡単にベッドの上に倒れ込む。

「君は嘘をつかない人間だと思っていた。だから、僕は君を雇った」

そう言って彼はスーツの上着のポケットから茶封筒を出した。その口を破り、中に入っているものをぶちまける。プリントされた写真のように見えた。私の胸に落ちた一枚を手に取り、私はその写真を見た。私と公平がそこに写っていた。公平の手にはスーパーマーケットの膨らんだレジ袋。もう片方の手は私に繋がれている。左手に触れた写真を数枚、手にとった。公平が私のマンションに入っていく写真。日本民藝館から出てくる二人。あのモスクに入っていく写真。礼拝堂の入り口でかわした口づけ……。もう十分だった。

「院長が患者に手を出す、そんなことが許されると思うか」

そう言いながら、佐藤直也が私の体にのしかかってきた。

「患者ではありません。元患者です」

「悪い噂には、そんなディテールが付け足されることはない」

彼の腕が私の腕を広げた。私の胸に彼は頭をこすりつける。Vネックからあらわになった素肌に佐藤の冷たい額が触れた。

「君が恋愛をするのは結構。ただ、それが患者では困るのだ。悪い噂はあっという間に広がる。君の院長としての信頼はすぐに崩れていくだろう」

佐藤直也がスーツの上着を脱ぎ、ネクタイを緩める。

「君は美しい。会ったときよりもさらに美しくなった。ただ、それが患者との恋愛によるものであるのなら、僕にもそれ相応の考えがある」

老齢の彼の体を突き飛ばしてしまうことなど簡単なことなのではないか。とふと頭によぎったが私はそうしなかった。ワイシャツ姿のまま、再び彼が私に覆い被さってくる。公平とはまったく違うにおいがした。枯れた枝のようなその体は公平のような重さすら感じなかった。

「君があのクリニックの院長として仕事を続けたいのなら、どうするのがいちばんいい方法だろう？」

彼の唇が私の唇を塞ごうとして、私は顔を背けた。彼が立ち上がり、シャツと髪の毛の乱れを手で直した。

「君はすべてを失うかもしれない岐路に立たされている。どう考える？」

「…………」

クリニックの経費、生活費、玲の学費、マンションのローン、母の老人介護施設に支払うお金。私の肩にのしかかっているものが札束になって目の前にあらわれるようだった。

「これは僕と君との関係において、大きなペナルティだよ、君は大きな失点を負った」

彼がベッドから離れる。それ以上のことはされなかった。もしかしたらできないのかもしれない、とも思った。

「君はこの失点をいつか僕に償う必要がある」

彼は冷蔵庫からミネラルウォーターのボトルを手に取り、それを部屋に備え付けられていたバカラのグラスに注いだ。それを私に差し出す。私はそれを口にした。無味無臭であるはずなのに、なぜだか口のなかに苦いものが広がる。

「なぜなら、僕は君のことを愛しているから」

佐藤直也は私をベッドの上に座らせて、私の服を一枚、一枚、丁寧に脱がせていった。私は抵抗できなかった。ただ、黙ってそうされていた。これで、失点が償えるのなら、と自分に言い聞かせていた。彼がネクタイで下着姿になった私の両手を後ろ手にくくった。羞恥の感情がなかったわけではない。ただ、めったにあらわにすることがない彼の怒りの感情だけが空気に乗って伝わってくるようだった。彼が窓際の椅子に座る。私がいつも座っていた椅子だ。そうして彼は長い話を始めた。いつものように。けれど、話の内容など耳に入ってはこなかった。「別れろ」と直接言われたわけではない。けれど、その言葉以上に「失点を償う必要がある」という言葉が私の体のなかで重く、鈍く、響いていた。いつか彼にすべてを許さなければいけない日が来るのではないか。彼はそれを望んでいるのではないか、と今まで思わなかったわけではない。けれど、公平とつきあいながら、そんなことができるのだろうか、と自分に問うた。はっきりしているのは、彼にこんなことをされても、公平と別れることなどできない、というたったひとつの答えだった。

翌日、クリニックに行くと、柳下さんがかすかに青ざめた顔で何かを見ている。彼女の視線の先に目をやった。玄関ドアに真っ赤なペンキのようなものがぶちまけられている。一瞬、佐藤直也か、と思ったが、彼がこんなあからさまで品のないことをやるとは思えない。植本夏子、という名前が即座に浮かんだ。

「先生……これ」

「もしかして……これ、昨日の……。やっぱり今日のミーティングであげたほうがよくないですか？　このこと、あ、その前に警察、ですかね？　やっぱり」

「いや、警察はちょっと待って」

「でも……」

「おおごとにはしたくないの。ドアは業者に来てもらって清掃してもらう。その電話」

「すぐにします」

そう言いながら、慌てて玄関の鍵を開け、柳下さんがクリニックの中に入っていった。

現代アートのようにも見えるその真っ赤なペンキを見ながら、私は自分の手がかすかに震えているのを感じていた。

診療前のミーティングの雰囲気はいつになく重苦しかった。柳下さんが昨日のことを簡潔に話す。

「なので、患者さんとのおつきあい、っていうのはやっぱり禁止したほうがいいと思うんですよね」

そう言いながら、下田さんに目をやる。

「あの、私のことですか？」下田さんが声をあげる。

「違うの？」

「…………」

「患者さんとつきあったことはない？」

柳下さんの問いはどこか尋問めいている。

「……ないとは言えません。でも、私のほうからアプローチしているとかはまったくの濡れ衣ですよ。電話番号を聞かれたのは確かですけれど……」

「植本さんの婚約者、あなたは担当したことがある？」

「私が婚約者がいる方とそうなる人間だと思っているんですか？　そんなことするわけないじゃないですか⁉」

「違うの」突然口を開いた私の顔を皆が見た。

「植本さんの婚約者、いや、元の婚約者、いいえ、元とかは関係ないね。植本さんの元の彼とつきあっているのは私なの」

「先生！」柳下さんが声をあげた。

「どういうことです？」

「ここに来ていた患者さんとつきあっている」

部屋の空気がさらに重たくなったように感じられた。下田さんが疑われるわけにはいかない。自分のせいだ。自分のやったことなのだ。

「……バカバカしい」下田さんがつぶやいた。

「私、先生に相談したあとも柳下さんにねちねち言われ続けて……」

下田さんがテーブルに両手をついて立ち上がった。

「患者に手を出していたのが院長って、ほんとバカバカしい。だいたい、先生、若く見えるけどいくつですか？　私の母親とそう年齢は変わりませんよね？　ここに来る患者さんなら、多分、三十代とか四十代ですよね？　昨日来た植本さんの婚約者って言うのなら、三十代前半？　先生といくつ年が違うんですか？　気持ちが悪い」

彼女の言葉は、世間の声の代弁のようにも聞こえた。

「先生……」普段から口数の少ない成宮さんが口を開く。

「先生のほうから、アプローチしたんですか？」

その問いで、クリニック内部のことを佐藤直也に報告しているのは、もしかしたら彼女なのではないかというそんな気がした。あり得ないことではない。普段から何を考えているのかよくわからないところもある。

あの日、特別見たいわけでもなかったピーターラビット展を見て、カフェで偶然隣りあわせになって「お酒でも飲まない？」と言ったのは自分だ。自分のクリニックの患者だと知っていて。どちらから、と言われるのなら、それは私のほうだろう。

「そうだね……」

「ほんっとに気持ち悪い」下田さんが再び声を荒らげた。

「私、今日は有給をいただきます」

そう言って、部屋を出ていった。静寂が部屋を満たす。

「先生、必要なら早急にスタッフの補充お願いしますね。オーナーにお願いして」

佐藤直也に。と言われているような気分になった。それだけ言って成宮さんは自分のマグカップを手にし、部屋を出た。狭い部屋のなかで柳下さんと二人になる。

「先生……なんで」柳下さんが私に向き合う。

「それ以上に何も言うことはないの。ここの患者さんとつきあっている。それは本当。多分、今日のあのドアも昨日来た患者さんがやったことだと思う」

「クリニックのドアならまだいいですけど……先生や、それに……」

「あなたたちが何かされるようなことには絶対にさせない。別れるから」

口をついて出た、というのが正しかった。そんなことを言うつもりもなかった。今の今まで、公平と別れることなど考えてはいなかったのだから。けれど、その思いは、佐藤直也と会った昨夜から私の頭のどこかに芽生え始めていた。恋愛などしている時間はない。する権利も今の私にはないのだ。しかも相手は「元」とはいえ、ここに来ていた患者だ。下田さんの言うことが正しい。スタッフにしめしがつかない。

「先生、それ、本心ですか？」

「浮かれてたんだよね。私、若い男性とつきあう自分に。子どもも大きくなって手を離れて、もう一度、女として生きてみたいなんて、馬鹿な夢を持っちゃった……」

すっかり冷めてしまったコーヒーをごくりと飲んだ。

「先生……」

「ん？」

「院長として患者さんとつきあうのは、それは確かに私もどうかと思います。だけど、好きになった人がたまたまうちの患者さんだった、というだけじゃないですか？」

「でも、院長としてはだめでしょう？　大きな失点だよ」

佐藤直也に言われた言葉を私も口にした。

「だけど、さっき、下田さんが言ったみたいに、私は気持ちが悪いとは思いません。いくら年齢を重ねても、母親であっても、恋愛ってしてもいいものじゃないですか？　私、最近、先生が急に綺麗になったのを見て、恋愛されているのかな、うらやましいなあって思ってましたよ。私だって今はシングルマザーですけど、子どももいますけど、また、恋愛しよう、って心のどこかで思ってますよ……」

うん、と言葉にならない声で頷きながら、心のなかで泣いていた。その思いを悟られたくなくて私は再びコーヒーを飲んだ。

「今日は忙しくなるけれどごめん」

「もちろんです。先生……だけど」

「うん？」

「大丈夫ですか？」

「しゃんとするよ。ちゃんとする。院長としてやるべきことをする。もう恋なんてしない」

「なんかの歌詞みたいですね」

そう笑いながら部屋を出て行く柳下さんの後ろ姿を見ながら、私は心のなかで頭を下げた。

診察が始まるまでにはまだ間がある。いったい何から始めればいいのだろうと、私は迷った。公平に「別れる」と伝えるのか、それとも佐藤直也にすぐに報告すべきなのか。考えながら、私は昨日来た患者さんのカルテの束をめくっていた。植本夏子。それが本名なのかもわからない。連絡先として携帯番号がある。この電話番号だって本当に彼女のものかどうかわからないが、それでもその番号に電話をかけた。しかし留守番電話サービスにつながるだけだった。もし、彼女が会社員であるのなら、この時間に電話をとることはできないだろう。それでも診察の合間、ランチタイムに私は電話をかけ続けた。電話は一向につながらなかったが、それよりも彼女がまたこのクリニックに来て、何か騒ぎを起こすことのほうが心配だった。ほかの患者さんに迷惑がかかる。ちりん、と玄関ドアのベルが鳴るたび、私は不安にかられた。

「先生、なんかドアが大変ねえ」

いつも来る箕浦さんが診察室に入るなり、声をあげた。清掃業者は夕方に来ることになっていた。応急措置で新聞紙で赤いペンキを隠していたが、見栄えがいいとは言えない。

「なんだかお見苦しいものをお見せして申し訳ありません。いたずらされたみたいで……」

「このあたり、最近は空き巣やひったくりも多いのよ。昔はそんなことなかったのに。物騒な世の中になったわねえ」

「そうですねえ、箕浦さんも気をつけてくださいね」

彼女の顔にレーザーを当て、生返事をしながら、植本夏子のことを考えていた。

一日の診察を終えたあと、スタッフを帰し、事務作業をしてクリニックを出た。玄関ドアのあたりで腕を摑まれた。ぎょっとしてすぐさまバッグに手をやった。植本夏子だった。かすかに眉間に皺を寄せて私を睨んでいる。彼女の視線の鋭さから、刺されるのではないか、というおそれが浮かんだ。

「お話があります」そう言って彼女は私の前を歩いていく。彼女の足は速い。私は半ば小走りで彼女の後を追った。彼女の後ろ姿は小さい。その横に公平の後ろ姿が並んでいるような気がした。こんなときなのに、彼女が公平に抱かれている姿を想像してしまって胸が捩《よじ》れた。話をする店の見当はつけているのか、私ですら知らない小道に彼女は入っていく。純喫茶、と書かれた看板が目に入った。店は適度に混んでいた。今時珍しい喫煙OKの店なのか、店内はかすかに煙で烟《けぶ》っている。テーブルの間が適度に空いているから、ここで複雑な話をしても誰かに聞かれる心配はないだろう、という気がした。店員がグラスの水を運んでくる。

「ブレンド」と彼女はぶっきらぼうに言い、

「私も、それで」と付け足した。

話の糸口はどこにあるのか、と思っているうちに彼女がすかさず口を開いた。

「公平と別れてください」

ええ、そのつもりです、などと答えられるものではない。彼女は公平の「元」婚約者なのだ。彼にはもう関係のない女性であるはずだ。私はその問いには答えず、彼女に尋ねた。

「クリニックのドア、やったのはあなた？」

「………」彼女は黙ったままだ。

「今後もああいうことをされるのなら、警察に訴えることになる。防犯カメラも設置することにしたの」

「人の婚約者とっておいて、最初の話がそれですか？」

「ちょっと待って、……婚約はなくなったんじゃ」

「なくなってはいません！」

店員さんがコーヒーを二つ運んで来た。私と彼女は口を噤《つぐ》んだ。

「ちょっとした行き違いがあっただけです。私は公平と結婚するつもりでいます」

ちょっとした行き違い……。その言葉がエコーのように頭に響く。ほかに好きな人ができた、と言ったのは彼女のほうなのではなかったのか。コーヒーに口をつけたが、なんの味もしなかった。ただ、黒い熱い液体が喉を滑り落ちていく。

「あなたは今も、公平さんと……」

「お正月に公平の実家のある神戸に行きました。会うつもりで。でも……」

公平は会わなかったのだろう、という気がした。正月にＬＩＮＥが途切れたのもそのせいだったのではないか。

「行き違いがある間に、あなたが途中から間に入りこんできて、それで余計に話がこじれて……私たち」

　私たち。彼女と公平。彼女にとって、私は自分の恋路を、結婚を邪魔する厄介者というわけか。今朝見た、玄関ドアの真っ赤なペンキが脳裏をよぎった。そこまでする彼女の行動を理解したわけではないが、彼女が公平を失いたくない、と思っていることはわかった。それは私も同じだ。

「だいたい、あなたは公平より随分と年上です。このままつきあいが続いたって、あなたは公平の子どもを産むこともできないでしょう。私は公平と家庭を持ちたいんです。公平の子どもが欲しいんです」

　言葉が胸に刺さった。そうだ。私はもう公平の子どもを産むことはできない。そんなことを考えたことがなかったわけではない。私があと二十若かったら、公平と家庭を持ち、子どもを持っていたかもしれない。そう考えなかったといえば嘘になる。けれど、私があと二十若かったら、公平は中学生だ。私は社会的に抹殺される。けれど、その夢想は消えることはなかった。何を馬鹿なことを、と思いながら、今一度、家庭というものを持てるとするのなら、その相手は私にとって公平しかいないのだ。けれど、私と公平の恋は誰にも歓迎されていない。公平との関係が続けば、私は仕事を失うことになる。院長が患者に手を出した、という噂は業界だけでなく、いつか患者さんにも知られることになるだろう。社会的な地位を、生活の基盤を失う。

「別れるつもりでいます」

コーヒーを飲み干して私は言った。植本夏子の顔が輝く。

「ただ、少し時間が欲しい。必ず、あなたの元に返すから」

まるで物品のように公平を扱っていることに胸が痛んだ。

「本当ですか?」

「約束する。だから、クリニックや患者さんの迷惑になるようなことはやめてほしいの。それだけは約束してくれる?」

「……はい。あの」

「ん?」

「本当に公平と別れてくれるんですよね?」

まるで子どもだ。約束に念を押す。公平が一度愛した女はこんなにも幼い。そして、一度、この彼女と結婚をしようとした公平はやはり若い男なのだ。

「約束します」

私は立ち上がりながら言った。一刻も早くこの場から立ち去りたい、と思いながら、コーヒー二杯分の料金を支払って店を出た。

柳下さんにも植本夏子にも、別れる、と言ったものの、私はまだ、どうにかして公平との関係を続けることができないだろうか、と思っていた。別れたふりをして、隠れるように関係を続けることはできないだろうか。そのとき頭に浮かんだのは、佐藤直也と会った昨夜、ベッドに仰向けになったとき、私の体にばらまかれた公平との写真だった。クリニックのスタッフや植本夏子の目を眩《くら》ませることはできても、佐藤直也の目をごまかすことはできない。私と公平の関係は必ず、彼の耳に入る。

店を出た途端、公平と別れる、と簡単に口にした言葉が、自分の体を切り刻んでいくような気がした。いつ、それを公平に切り出せばいいのか。こんなにもあっけなく終わってしまっていいものか。私が愛した男、私を愛した男をこんなにも簡単に失ってもいいのだろうか。終えることができるのか。そう考えた途端に目眩《めまい》がした。私は空車の赤い灯りを灯したタクシーに手を上げた。

マンションの入り口でタクシーを降りると、見慣れた男の姿があった。エントランスホールでスマホを手にして俯いている。私の顔を見ると、満面に笑みを浮かべた。

「何度も今日、LINEしたのに。なんで返せへんねん。いつになっても既読にならへん」

「ごめん、ごめん、すっごく忙しい日で。携帯を手にしている暇もなかった」

そう言いながら、オートロックを開けた。二人でエレベーターに乗り込む。公平が私に口づけをした。

「防犯カメラに映るよ」

「かまへん、かまへん」

そう言って公平は私を抱きしめ、深く舌を差し込んできた。部屋に入り、公平は脱いだスーツを自分でクローゼットにしまい、チェストから部屋着を取り出し着替える。私が口やかましく言うせいで、洗面所で手を洗い、うがいをしている。時間は午後八時半を過ぎた頃だった。

「おなかは減ってるの？」いつもの癖でそう聞いてしまう。

「奈美の卵とじうどんくらいなら食べれるで」

そう言って笑う。あと何度、公平に自分の作ったものを食べてもらえるのだろう、そう考えると、悲しみとせつなさが私の胸を満たした。本当のことを言えば、料理など作れる体力も気力も残ってはいなかった。けれど、この卵とじうどんが公平に食べさせる最後の食事になるかもしれないのだ。私は気力を振り絞って一人用の土鍋に水を張った。

「ほんまにあったまるなあ……奈美の料理はほんま気が休まるわ」

その笑顔に胸がつまった。今日、あった出来事。そのすべてを公平に話すことができればどんなに私も気が軽くなっただろう。けれど、それを話すつもりはなかった。タイミングを見て公平に「別れたい」と言えばすむことだ。「好きな人ができた」と嘘をついたっていいだろう。

公平は食べ終わった食器をシンクに運び、ソファに座る。ニュースを見たいから、とテレビをつけた。その横を手のひらでぽんぽんと叩く。私は彼の隣に座り、彼の肩に頭を載せた。

「なんや、疲れた顔しとるなあ……」

私の顔を両手ではさみ、ついばむように唇を重ねる。

「奈美はほんままじめやから、体のことも考えないかんよ」

「もう年だから？」

「何言うてんねん」そう言ってもう一度、口づけをする。

「あっ！」突然、公平が声を上げた。

「神戸や」

テレビに目をやると、観覧車が大写しになっている。

「ハーバーランドにあるモザイク大観覧車や！」

約十二万個のLEDを使用したイルミネーションが神戸の夜景を鮮やかに彩ります。アナウンサーの落ち着いた声がそう告げている。

「せや。今度、神戸に行かへんか？　新幹線なら新神戸まで三時間もかかれへん。日帰りはちょっときついかもしれんけど、奈美と行くのならええホテルに泊まりたい。……連れていきたいところもあんねん。奈美も僕もこんなに仕事頑張っているんやから、一泊旅行してもバチは当たらへんやろ。考えといて」

「いいな……神戸、行ってみたい」

「せやろ、おいしいものたくさんあるで」

そう言って公平は私の髪の毛を指で梳《す》いた。そうだ。神戸に旅行に行って、そのあとに彼と別れるのだ。

「東京もいいけれど、でも、やっぱり子育てとかは、神戸でしたいなあ……」

何気ない公平の独り言だと聞き逃せばいいのかもしれなかった。けれど、それならば、ずっと、いっしょにいてほしい、というあの言葉はなんだったのか。この人は幼い。この人は若い。植本夏子と同じように未来のある人だ。それを自分が奪うことはできない。私ほど、年齢の離れた女とつきあっている暇などないのだ。私がそうだったように、悪縁でもなんでも、縁のある女と結ばれ、結婚をし、子を生すべきなのだ。そうだ。神戸に旅行に行って、そのあとに彼と別れるのだ。私は一人、何も感じていないような顔をして、強く心のなかで誓った。

四章　アネモネ

公平とのつきあいに期限を決めた。それは三日後でも、一週間後でも、一ヵ月後でもよかったのかもしれなかったが、できるだけその日を遠くに置きたかった。別れるのなら、何もかも溶かしてしまうような夏がいい。寂しさもわびしさも総て溶けて流れてしまうような真夏に。

植本夏子の携帯に電話をかけ、留守電に、

「夏が終わるまでには必ず別れます。ですから、クリニックに何かをすることは絶対にやめてほしい」とだけメッセージを残した。彼女からは何の返事もなかったが、毎日、クリニックに出勤しては、無傷の玄関ドアを見るたびに、彼女も了承しているのだろうと、理解した。

そうして、私たちは、八月初旬の土曜日に神戸に向かったのだった。

「今さら異人館なんか見なくてもええやろ。人も多いし。でも観覧車には一応乗っとこか」

公平は自分の故郷に私を連れてきたことが嬉しいのか、その足取りはいくらか速かった。私たちはいつものように手を繋いで歩いた。互いに汗ばんだ手を繋いでは離すたび、あと幾度、この手と自分の手は繋がれているのだろう、と思った。私はいつものように公平の親指を握った。私の手のひらのなかにある公平の親指。その形とぬくもりだけは、絶対に忘れないようにと心に誓った。

「神戸でいちばんうまいもん食わせたるから」

連れていかれたのはJR神戸駅の南口から阪神高速道路をくぐった先にある稲荷《いなり》市場だった。ハーバーランドのすぐ近くだというのに、多分、戦前から町並みが変わっていないのではと思わせるような下町情緒あふれる古い商店街が広がっている。そうはいってもシャッターを下ろしている店がほとんどで、いわゆるシャッター商店街の様相を呈していた。

「まずはビリケンさんのいる神社にご挨拶しとこな」

「ビリケンさんて大阪じゃないの？」

「神戸にもあるんや」

そう言って公平はさらに足を速める。こんなところに神社などあるのだろうか、と思った道に入ると、鮮やかな朱色の鳥居が見えてきた。いくつも鳥居をくぐってさらに進むと、天井には狐の絵が描かれた赤い提灯がひしめきあっているのが見えた。神社でお線香をたくのも不思議な気持ちがしたが、どこか日本ではなく、台湾や香港の古い寺院を訪れた気持ちになる。社殿の奥にビリケンさんはいた。通天閣のビリケンさんも見たことはあるが、ここのビリケンさんのほうが大きく、顔も通天閣よりユーモラスな気がした。米俵の上に座り、赤い前かけをして、右手に打出の小槌《こづち》、左手に瑞玉《ずいぎょく》を持っている。私の不思議そうな顔に気がついたのか、

「このビリケンさんはいわば、ビリケンさんと大黒さんの福の神のミックスやな」

とおかしそうに公平が言う。

「頭撫でとき。ええことあるで」

言われたとおりに、私はまるで子どもの頭を撫でるように、黒いビリケンさんの頭を撫でた。公平も私のあとに続いてビリケンさんの頭をさする。

シャッター商店街には、なぜだか猫が多かった。首輪などはしていないから、多分、そのほとんどが野良なのだろう。猫を見つけるたびに、公平はしゃがみ、手を差し出して、ちっ、ちっ、ちっ、と舌を鳴らす。スマホで写真を撮る。

「猫、そんなに好きだったたっけ？」

「生まれたときから家に猫がおったもん。京都の大学にいるときも飼ってたし。でも、東京ではなかなか飼えん。仕事もあるし。人の住むとこやない。人も猫も住む町やないで」

最後の一言で「子育てをするのなら神戸がいい」という公平の言葉を思い出した。

「じゃあ、なんで東京にいるの？」

「奈美がおるからやん」そう言って歯を見せて笑う。

「それだけの理由？」

「それだけで十分やんか」

私の頰を右手で軽くつまみながら言った。

そう言われれば確かにうれしいのだった。うれしいけれど、公平の本心、というのはどこにあるのだろう、と考え始めるとわからなくなる。

公平が神戸でいちばんうまいもの、と言ったのは、商店街の奥にあるホルモン焼き屋だった。店の前に「ホルモン一本五十円」と書かれた古ぼけた看板がある。ドア代わりのビニールシートをめくって中に入ると、店のおじさんが「いらっしゃーい」と声をかけてくれた。二人でカウンターの前にある穴の空いた丸椅子に腰をかける。まだ、午後二時を過ぎたばかりだというのに、もうすっかり出来上がっているご老人もいた。

「まあ、まずはビールやな。あとはおじちゃんが焼いてくれるのを、こうして」

そう言ってカウンターの上にあるタレがなみなみと入ったプラスチックの容器を指差す。

「これにつけて食べるだけ。あ、二度漬け禁止やで」

「大阪と同じだね」

「人としてのマナーやからな」

私は店のおじさんが出してくれた一本五十円のホルモンをタレにつけて口に入れた。

「おいしい！」

それは本当においしかった。焼き鳥は好きだが正直なところ、ホルモンはあまり得意ではない。けれど、ゴマがたっぷり入った少し甘めのタレをつけると、いくらでも食べられるような気がした。

「奈美は絶対にそう言うと思った」

満足気に公平がビールのグラスをあおる。

公平の隣に座っていたおじさんが体をこちらに向けて話しかけてきた。

「お兄ちゃんら、どこから来たん？」

「東京やけど、僕はこっちの生まれやから」

「そうかい。神戸のどこ？」

「長田《ながた》です」

「そう。お姉さんは？」

「この人は東京生まれの東京育ち。こう見えてお医者さんやで」

「えらいべっぴんさんの、色っぽい女医さんやなあ。……あんたら結婚しとんの？」

おじさんがホルモンを一口囓ってから言う。

「まさか、まさか」

そう言って公平は首をふる。その仕草にまたひとつ小さく傷つく自分がいる。

「えらい年の差カップルやもんなあ」

「おっちゃん、もう、デートの邪魔せんといてや」

そう言って公平はおじさんに背を向け、私を見て目をぱちぱちさせた。面と向かって言われた「えらい年の差カップル」という言葉にまた小さく傷つきながらも、そんなことを言われるのもこの旅が最後だと思えば、他人から何を言われても、どう思われてもかまわない、と心のどこかに重石が置かれた気がした。

邪魔されながらも、その店に何時間いたのだろう。何を食べてもおいしかった。随分とお酒も飲んだ。明日のことを気にせず、お酒を飲めるというのはいつぶりのことだろう。こうやって日本の、自分が知らない場所を公平と訪ねて歩く。そういう日々がずっと続けばいいと思うたび、植本夏子との約束を思い出した。

私たちはしこたまお酒を飲んで、足取りもままならないまま、ハーバーランドまで歩いた。東京の地獄のような猛暑とは違い、海から吹いてくる風が心地良かった。いつか公平とテレビで見たモザイク大観覧車がＬＥＤの灯りを色とりどりに変化させながら、ゆっくりと回転している。並んでいるのはカップルや小さな子ども連ればかりだった。その人たちを見て気がひけた。

「本当に乗るの？」

「乗る！」

酔った公平の声の大きさにまわりの人たちが驚き、私は「すみません」と言いながら、頭を下げた。

ほどなくして自分たちの番が来た。観覧車に乗るのなんて多分、玲が小さいときに横浜かお台場で乗ったのが最後なのではないか。つまり、私は、十数年ぶりに観覧車に乗ることになる。公平に手を引っ張られるようにして中に乗り込んだ。当然のように公平は隣に並んで座る。ゆっくりと上り始める。

「本当においしかったねあのホルモン」

最後まで言い終わらないうちに口を塞がれた。同じものを口にしているとはいえ、口臭も気になる。私は慌てて自分から顔を離した。

「僕の連れていきたいとこは、奈美は絶対に喜んでついてくる。僕が食べさせたいものは奈美は喜んで食べる。当たり前のように思えるかもしれないけど、自分、それだけで幸せなんや。……幸せなんやー！」

そう言って公平がゴンドラを揺すろうとする。

「ちょっと待って。怖いからやめて！」

思わず怒った口調で言った。

「奈美にも怖いことがあるんやな……」

そう言って公平は笑う。

「もっと、そういうことを知りたいな。奈美の怖いものとか」

「なんでそんな」

「奈美はなんか鶴みたいや。一匹ですくっと立ってる冬の鶴おるやろ、あんな感じ。なんというか、もう怖いもんも、悲しいもんも、そういう普通の人間が持ってるようなもん、そんなもんがいっこもないように見えるときがあんねん。それがな……」

そう言って公平はゴンドラの外に目をやった。神戸港の、星をまいたような光のきらめきが公平の瞳に映っているのが見えた。

「ちょっと寂しいこともあるんや」

別れましょう、と今、この観覧車のなかで言ってもいいのかもしれない、と私は思った。けれど、必死に思いとどまった。この観覧車にずっと乗っていることができないように、私たちはいつか、この巨大で人工的な乗り物から降りる。そうして、私たちは別々の人生を歩いていくのだ。これは私と公平の最後の旅行。この旅行が終わったら、私は公平に別れを告げる。だから、今日と明日だけは、公平の機嫌を損ねるようなことはしたくはなかった。

その日の夜、ホテルの部屋に入ったとたん、公平には珍しく乱暴に体を求められ、私はそれに応じた。これが最後のセックスになると思えば羞恥心などどこかに吹っ飛んでいった。私は公平自身を口に含み、その形と味を覚えておこうと思った。目を閉じて、頭を動かす。母がいる老人介護施設が頭に浮かんだ。将来、もしあのような施設に入ったとき、私はこの夜の記憶だけは絶対に手放したりしない、と心に誓った。自分の口のなかで爆《は》ぜたものを舌で味わった。

「早く吐きだしい」

慌てでそう言いながら、まだ息の荒い公平は体を起こし、ティッシュペーパーを数枚抜き出して私に渡す。私は頭を振る。絶対にいや。口がきけたらそう言っていただろう。これが私の愛する人の味だ。私はそれをゆっくりとのみこんだ。

裸のまま抱き合って眠り、目を醒ました。

「ほんまは有馬《ありま》温泉とか、六甲山《ろっこうさん》とか、宝塚《たからづか》とか、須磨《すま》の海岸とか、奈美を連れていきたいところはたくさんあったんや」

そう言いながら公平が私の体に覆いかぶさってくる。二人とも裸のままだった。昼の十二時のチェックアウトまであと小一時間ある。けれど、昨日の深夜から降り始めた豪雨の影響で私たちはホテルの部屋に閉じ込められていた。音を小さくしたテレビから、九州に上陸した台風の影響だが、午後には晴れ間も見られるだろう、とニュースが告げている。

「だけど、こうして奈美とゆっくりできるんやから、豪雨様々やな」

そう言いながら、公平はもう何度目になるのだろう、私のなかに入ってこようとする。正直なことを言えば、性欲に関してはもうフルに満たされていた。けれど、公平が足りないと言うのなら、幾度でもそれに応える気でいた。公平が私の中に入ったまま、乳首をかりり、と噛んだ。体がのけぞる。大きな声が出た。公平が私の口を大きな手のひらで塞ぐ。元の夫と比べても、それ以外の恋人と比べても公平はそれほどセックスがうまくない、などと、いつかの私は思っていた。セックスはどちらか一方の技術によるものだと思っていた。男から女への、女から男への一方的な奉仕。攻撃、と言い替えてもいい。けれど、公平と寝るようになって思った。セックスは二人で造りあげていくものだ、と。回を追うごとに、二人の体とリズムとバイオリズムが重なり始める。快楽のベクトルが同じ方向を向いたとき、まるで堅い蕾《つぼみ》が開くように、体が歓びに声をあげる。

「すればするほどよくなるな。なんでやろ」

子どものような声で公平が言う。私もそう思う、とは言わずに、私は公平の汗くさい体を抱きながら、「もう出る準備をしないと」と乾いた声で言った。

空港までのバスが来る間、三宮の高架下の店をひやかしながら歩いた。この場所に公平と来るのは最後になる。私は摑んでいた公平の左手の親指をぎゅっと握った。その瞬間、公平はそばを歩いていたおじさんに、

「おっちゃん、悪いんやけど、写真撮ってんか」と私のスマホを渡した。

「おう、まかしとき。はい、もっと近づいて、もっと笑わな」

おじさんが私たちにスマホを向ける。これが最後の写真になるだろう、という確信があった。口角を上げるが、笑顔になっているかどうかもわからなかった。

「おっちゃん、ありがとな」

「ああ、あんたらいい夫婦やな」

そう言っておじさんは去った。その言葉を私も公平も否定しなかった。

「今の写真、LINEで送るからあなたも送ってね。旅行中の写真は全部」

「奈美が裸で大口開けて寝てる写真もか」

「嘘！」

「嘘や。奈美はなんでも信じるな」

そう言って笑い、また私の頰をつまんだ。

空港までのバスのなか、公平は当然のように、私の肩に頭を載せてきて、すぐにかすかな寝息をたて始めていた。車窓に流れていく町並みを見ながら思った。こんな時間がずっと続けばいい。私の瞳を涙の膜が覆った。鼻の奥がつんとする。私も公平の頭に自分の頭を載せた。目の端から涙が零《こぼ》れる。それが頰をつたい、公平の薄くなった後頭部に落ちていく。私の涙がしみこんでいけばいい、と思った。

空港は夏休みを楽しむ家族連れでごった返していた。それでも、コーヒーショップに二つだけ残った席を見つけ、並んで座る。

「楽しかったか？」公平が前を向いたまま言った。

「とっても楽しかった」

「ホルモンと観覧車だけやのに？」

「それだけで十分」

「さっきも言ったけど、ほんとうはもっと見せたいとこがあったんや。僕が生まれた町とか……」

「公平が生まれた町……」

「うん、奈美に見てほしかったな」

その真意を尋ねることはしないまま、私はただコーヒーを飲んだ。「別れよう」という言葉をいつ切り出したらいいのか、私は考えあぐねていた。飛行機のなかで口論するのも嫌だった。今日はおとなしく二人、それぞれの家に帰り、次に会ったときに切り出す。公平の部屋に二度ほど行ったことはあるが、そこはいかにも若い人が住みそうな壁の薄いワンルームマンションだった。私の部屋でなら、多少、大声を出しても、誰かに聞かれることも、通報されるようなこともないだろう。

「もう一泊しよか」公平が私の手を取りそう言った。

「まさか、明日は朝からまた……」

「仕事、仕事、仕事。僕も同じや。冗談やて」

公平は笑ったが、それは公平にとって本音だったのに違いない。できることなら私もそうしたかった。仕事のことなど忘れて、公平と昼夜問わず体を交わしていたかった。

羽田《はねだ》からはタクシーに乗った。公平を上板橋の駅前でまず降ろし、それから自宅に向かうルートを選んだ。タクシーから降りた公平はいつまでも、その場を離れなかった。「もう、いいから」と言ったものの二人の間には車窓があってその声を遮断する。車が駅前を離れてもいつまでも公平はその場に立っていた。私は泣いた。まるで、自分が産んだ子どもをその場に置き去りにしたような痛みで心が引き裂かれていた。

「別れたい」そう告げたのは神戸から帰ってきて一週間後のことだった。

「なんやて」

私が作った素麺《そうめん》を食べていた公平が箸を静かにテーブルに置いて言った。かすかに怒りのにじむ声。そんな声を初めて聞いた。正直なことを言えば怖かった。いくつになっても男のこんな声を聞くのは恐ろしい。それでも言った。

「もう疲れた……」嘘だ。恐怖も嘘で躱《かわ》してしまえばいい。

「あなたといることに疲れた。神戸をいっしょに旅して、つくづく思ったの。あなたのペースについていけない。私は」

「楽しい、って言うてたやんか！」

「楽しい……確かに楽しかったよ。だけどね、あなたがするような旅は私にはもうできない。……神戸に行く前から思っていたことだけれど、仕事をしながらあなたとつきあうことにも、もう心底疲れたの」

公平が私の顔から目を逸らさない。自分が今、どんな顔をしているのか想像するのが怖かった。ひどく醜い顔をしているだろうと思った。

「それにね、あなたはまだ若い。若い人とつきあって結婚して子どもを持つべきだと思うよ。人生はあなたが考えているよりもずっと短い。私みたいなおばさんとかかわっている時間、もったいないよ」

「だから、それが駄目になったんやないか。それに今さら、自分のことをおばさんみたい、ってなんや、それがなんの意味がある。俺と奈美との間で」

公平が拳でテーブルを叩いた。ガラスの食器がその震動で揺れる。

「あなたをまだ待っている人がいるでしょう」

「だから、それはもうとっくになしになったことやんか。向こうから勝手なこと言ってきて」

「だけど、あなた、本当に彼女のことが、もうほんの少しでも、心のなかにない？」

「あるわけないやんか。今さら」

「彼女、クリニックに来たんだよ」

「はあ？」

「彼女と話した」

「どういうことや……」

かいつまんで、彼女が私に別れてほしい、と告げたことは話したが、最後まで彼女がクリニックのドアに赤いペンキをぶちまけたことだけは黙っていたかった。

「彼女のなかではまだ終わっていない。終わっていないことなんだよ。その間に私が入り込んだ。そういうことだよね。それに、多分、あなたのなかでも終わってはいない。彼女、お正月にあなたの実家にも来たんでしょう……」

公平は黙った。

「私たちの関係はね、もう、私とあなただけのことで済まなくなっているんだよ。彼女だけじゃない。私のオーナーも知っている、私たちの関係を。私が患者に手を出したと」

「もう患者やないやないか……」

「そんなことはすぐに業界の噂になるんだよ。元患者の、元、なんて、すぐに取れてどっかに行ってしまう。患者に手を出した院長、それが私なんだよ。そうして、そういう噂は業界にも患者さんにもすぐに伝わる」

「仕事のためか、仕事のために俺と別れるんか。それでいいんか……」

「仕事はね、私にとっては命の次に、ううん、命よりも大事なものなんだよ。私はそうやって生きてきた。公平といた時間楽しかった。本当に楽しかった」

「なんで過去形で言うんや！　奈美は本当にそれでええんか。俺ら、このまま別れてしまってええんか」

そのとき、マナーモードにしていたスマホが震える音がした。しばらくの間、無視していたが、いつまでも震え続ける。もしかしたら母親になにかあったのかもしれない、と思ったが、見知らぬ番号だった。それでも応答ボタンに触れた。電話の向こうの誰かが、元夫が救急病院に運ばれたと伝えている。胃洗浄、という言葉ですべてを理解した。

「わかりました。すぐに向かいます」という私を公平が黙って見つめている。

「ごめん。今日はもう帰ってくれるかな」

「何があったんや」

「それは言えない」

公平の問いには答えず私はテーブルの上の食器を片付け始めた。キッチンのシンクに立った私を、公平がキッチンの入り口で立って見つめている。

「俺は絶対に別れない」

「恋なんて、時間や気持ちに余裕のある人がするもんなんだよ。……私が抱えている荷物の重さをあなたは知らない」

「それをいっしょに背負うつもりでいる、と言ってもか」

「馬鹿なこと言わないで。若いあなたには無理だよ」

「若いから背負えるっちゅうこともあるんやないかな」

そう言って公平は鞄を手に、部屋を出て行った。シンクの縁に手をついて、水道のレバーを全開にした。水の流れる音で今の気持ちを少しでも紛らわしたかった。別れられない。別れたくはない。ひとしきり泣いたら涙は止まるだろう、と思ったが、涙はいつまで経っても止まらなかった。

救急病院に向かうタクシーの中で玲に電話がいかなかったことを安堵しながら、私の心はまだ公平にあった。玲を大学に行かせ、母の面倒を見、そして、時折、元夫のこんな出来事がある。誰かに助けてほしい、と思ったこともない。すべて自分ひとりの力でなんとかしてきた。「背負うつもりでいる」という公平の言葉も、彼がその重さをわかっていないから言えることだ。改めて、公平という人間の若さがまぶしかった。その光をまぶしがっていないで、飛び込んでしまえばいいのではないか、という思いが一瞬頭をよぎるが、その光が私の抱える影を消してしまうとは思えない。二人、ただ、闇のなかに落ちていくだけだ。

案内された病室のベッドに元夫が寝かされている。腕には点滴のチューブ。ばかばかしい、という思いが浮かび、次に死ぬつもりなどないのに、なんでこんなことを繰り返すのか、という怒りが浮かんだ。

ベッド横の簡素な椅子に腰をかける。彼はこの前会ったときよりもひどく老いているように見えた。白髪の交じった無精髭が彼をさらに老人のように見せている。こんな騒ぎはもう二度とごめんだ、と思いながらも、その腕に触れた。乾いた流木のような手だ。佐藤直也の腕を思わせた。彼がゆっくりと目を開ける。目頭に大きな目やにがついているのが目に入った。汚い、と思いながらも、私はバッグの中から取りだしたウエットティッシュでその汚れを拭った。

「すまん……」

その言葉に返す気力もなかったが言葉が口をついて出た。

「もうこんなこと二度とやめてほしい。本当に死にたいのならほかに方法はあるよ」

ひどい言葉だと思いながら、言葉は止まらなかった。

「私は医者だから、教えようか。その方法を」

「自己破産するかもしれないんだ……」

「だから何？　自分の責任でしょう」

「つける仕事ももう俺にはない」

「やろうと思えばなんでもできるでしょう」

そう言いながら、どんな職業であっても、プライドだけはモンスター級に高い彼には無理だろう、ということもわかっていた。

彼が点滴に繋がれていない左手で両目を覆った。

「なんで、俺たち、家族三人でいられなかったんだろうな……」

私は黙っていた。私にとっては過去のこと、とうの昔に終わったことだ。

「あの頃がいちばん幸せだった」

そう言う彼に返す言葉はなかった。

「おまえは俺と別れて幸せそうだ。恋人もいるんだろうな。この前、玲に会ったときにそう聞いて、あいつは言葉を濁していたけれど、すぐにわかった」

彼の話にもうこれ以上つきあっていたくなかった。彼は過去を生きている。私は今を生きている。少なくとも、元夫の言うような過去の思い出にすがって生きていたくはない。

「心配なのはお金のことだけでしょう。ここの支払いも私がするし、生活費も少しはなんとかする」

私は膝の上のバッグを手にした。立ち上がった瞬間に、かすかに目眩を感じた。お金、お金、お金。

「だけど、約束してほしいの」

彼が私を見る。さっき、私を見つめていた公平とはまったく違う弱い弱い目の力。

「こういうことはもう二度としないと約束してほしい。玲に迷惑をかけることがあったら、もう絶対にあなたを援助したりはしない」

「わかった……」

その声を聞き遂げると、私は病室を後にした。

タクシーで部屋に戻ると、もう深夜に近かった。玄関に玲の見慣れたスニーカーがある。電気はついていない。廊下を進み、リビングに入ると、玲がソファに座っていて、スマホの灯りが顔を照らしていた。

「急にどうしたの？」

「今日、父さんと会うことになってたんだけど……連絡がつかなくて」

そう言って黙り込んでしまう。話すべきなのか、話さないほうがいいのか迷った。

「あのね、父さん……」

「病院だろ」

「………」

「母さん、病院に行ってきたんだろ。また、どうせあの時と同じ」

「違う！　体調が悪くて自分で病院に行ったの。それで私に連絡が来て。あの時と同じ理由じゃない」

「だったら、なんで、こんなメッセージが送られてくるんだよ！」

玲がスマホを私にかざす。玲と元夫とのＬＩＮＥ。その最後の元夫からのメッセージ。

〈今までどうもありがとう〉と書かれていた。

「どうせ、また、あの時と同じようなことしようとしたんだろ！」

玲のそんな声を初めて聞いた。

「どいつもこいつも好き勝手なことやってんな！　母さんは母さんで若い恋人作って、父さんは父さんで死ぬ気もないのに死ぬ死ぬ詐欺。毎回大騒ぎじゃないか。僕の気持ちがわかる？　父さんと母さんの子どもでいる僕の気持ちが母さんにはわかる？」

「ごめん、玲」

私はフローリングの床に手をついて頭を下げた。

「ここは僕の実家でいいんだよね？　それなのに、僕は母さんの恋人に遠慮して自由に帰ることもできない。母さんの恋人に遠慮して。そんな子どもがどこにいる⁉」

「本当にごめん、玲、ごめんなさい」

「僕がいちばん幸せだったのはね……」

玲の声が湿り気を帯びている。

「小学生のときに住んでいた、あのおんぼろのコーポにいたときだよ。このマンションなんかてんで目じゃない。ぼろっぼろのあのコーポ」

玲の言葉に記憶が蘇る。結婚してから、玲が中学校に入るまで住んでいた古い2DKのコーポだった。日当たりだけは良かったが、ガスの風呂釜も旧式で、レバーを回して風呂を沸かした。レバーを回したときに鳴るカンカンカンという音が耳に蘇ってきた。あの風呂場で生まれたばかりの玲に沐浴をさせたのは元夫で、私は湯上がりで真っ赤になった玲を受け取ると、体を拭いてベビーウエアを着せ、授乳した。小さな拳を顔の横に置き、喉を鳴らしながら玲は母乳を飲んだ。小学校に一人で行くようになったときは心配で、時間を気にしながらも電柱の陰でランドセルを背負った玲の後ろ姿を見守った。

「父さんと母さんはあの頃から仲は良くなかったよね。夜中によく二人の怒鳴り声で目を醒ましたもの。そんな声を聞くとさ、僕の心はびりびりに破れていったよ……」

私は顔を上げて玲を見た。玲が自分の髪を両手でくしゃくしゃに掻《か》きむしる。子どもの頃、アトピーだった彼がよくしていた仕草だった。

「それでもね、布団を三つ並べて寝ていたんだから。僕が真ん中。母さんが僕の右。父さんが僕の左。そうやって寝ているんだから、僕の家族はまだ大丈夫なんだ、と思っていた。夜中に僕が右手を母さんと、左手を父さんとつないでいた。こうしていれば大丈夫なんだ、って何度も自分に言い聞かせてさ」

涙が頬を伝っている。彼が泣いているところを見るのも母の再婚相手が亡くなったとき以来のことだった。胸がしめつけられる。

「今から思えば、僕はあの頃がいちばん幸せだったよ。うすっぺらい布団に家族三人並んで寝てさ。母さんだって今みたいじゃなかった。母さんは今のほうが綺麗だよ。あの頃はぜんぜん自分のことなんて構ってやしなかったもの。だけどね、そんな母さんがいちばん好きだった」

玲が右腕のシャツの袖でぐいっと涙を拭いた。そういう仕草を子どもの頃はよくしていた。

「だけど、同じくらい父さんも好きだったよ。何しろ、僕は母さんといた時間より父さんといた時間のほうが長いんだから。父さんだって今みたいな父さんじゃなかった。ほかのお父さんみたいに会社には行ってないのが不思議だったけれど、カメラマンってかっこいい仕事だって思ってた。父さんの写真も好きだったよ。父さんが旅をしていたときの写真を見るのが好きだった。いつか僕も父さんと旅に出る、そのつもりだった。そういう約束もしていたんだ」

「玲、ほんとうにごめんなさい」

「母さんはさっきから何をあやまっているの？　若い恋人がいること？　そんなこと

僕にとってはどうでもいいことなんだよ。そんなくだらないこと」

「離婚したことは本当に申し訳ないと思っている」

「母さんにそう思ってもらってもね。僕の気持ちは母さんには一生わからないと思うよ。僕が今まで生きてきていちばん幸せだったのはあのコーポにいたとき。いちばん最悪だったのは、あのコーポを出たときだよ」

「…………」

「本当は、本当のことを言えば、僕は父さんと暮らしたかった。だけど、父さんといっしょにいたら高校も大学も進学すらできないことくらい中学の僕はわかっていた。子どもだって、そういうずる賢い計算をするんだよ。そして、それは正解だったよね、僕にとって。本当のことを言えば僕は父さんと今だって一緒にいたい。だけど、父さんがあんなふうに……」

玲が子どものように泣く。立ち上がり、私は玲の傍に近づいた。ソファの隣に座る。丸まった背中を摩った。父と暮らしたい、という玲の気持ちを聞いて私の心は粟立った。そんなことを口にした玲を初めて見た。言葉にできない思いを抱えて、彼は今日まで生きてきたのだろう。そして、元夫より私のことが好きなはずだ、という自分の驕《おご》りにも気がついた。経済力があるから当然そうだろう、という私の思惑など、とうに玲は見抜いていた。

「家族だったのに、ばらばらだ。僕の家族はばらばらに砕け散ったんだよ」

そう言って玲は立ち上がり、キッチンに向かった。水道のレバーを上げる音がする。水の入ったグラスを手にして、ダイニングテーブルの脇に立つ。ごくごくと喉を鳴らしながら水を飲む玲を見ていて、こんなに痩せていた子だったろうか、と改めて感じた。いつから私はそれに気づかなくなったのだろう。多分、それは公平とつきあい始めてからだろう。子どものことより、公平のほうに視線が向いていた。子育てなど、玲が大学に入って一人暮らしを始めたときに終わったものだと思っていた。けれど、そうではない。子育てに終わりはないのだ。

「あの人とは別れる」

「無理に別れることなんてないじゃない。僕のため、なんて、そういうのはもっと嫌いだよ」

「浮かれていたの。地に足がついていなかった」

「母さんは母さんの好きなように生きていけばいい。母さんの生きたいように。今日だってあの人来ていたんでしょう」

そう言いながら、玲がキッチンに目をやる。素麺を食べた食器は公平の分だけだが、麦茶を飲んだグラスは二つあったのを目にしたはずだ。

「あの人が来ていて、父さんから連絡があって、母さんは慌てて病院に行ったんだろう」

ごとっと大きな音を立てながら玲がテーブルにグラスを置いた。

「滑稽だよね」

その一言が深く胸に刺さった。

「僕は母さんが嫌い」

そう言って玲はソファの横に投げ出したように置いてあったデイパックを右肩に下げ、部屋を出て行こうとする。

「あの人とはもう別れるの。別れることに決めたの」

「だから、そういうのが子どもにとってはグロテスクなんだよ」

そう言って椅子の脚を軽く蹴った。そんなことをする子どもではなかった。

「そんなこと、僕にとってはほんとうにどうでもいいことなんだ」

玲が廊下を進み、靴を履き、家を出て行こうとする。

「待って！」

「何も今までと変わらないよ。ここに帰ってくるときは必ずＬＩＮＥする。ここは僕の実家ではないもの、それで安心でしょう、あなたは」

あなた、と呼ばれたことも初めてだった。ドアが静かに閉められる。公平と玲、二人の男が部屋から出て行った。元夫と玲、二人から、あの頃がいちばん幸せだったと告げられた。すべての原因は私にある。

リビングのほうでスマホが鳴るくぐもった音がする。私は廊下を進んで、リビングに入り、バッグの中のスマホを手にした。ショートメッセージが着信を伝えている。

〈いったいいつになったら公平と別れてくださるんですか？〉

〈もう夏も半ばですよね〉

〈このままの状態が続くのなら、私、何をするかわかりません〉

植本夏子からのメッセージだった。今日はいったいなんて日なのだろう、とため息をつきながら、私は崩れ落ちるようにソファに横になった。公平、元夫、そして玲。三人の男の声が私のなかでまぜこぜになって小さな竜巻を起こしていた。誰からも歓迎されない恋、そんなことは始めからわかっていた。わかっていたけれど別れることはできなかった。それほど公平のことが好きだった。公平と会えなくなる、と思っただけで、胸の内側をカッターで一筋切りつけられるような気がした。それでも別れなければならない。正直なことを言えば、それは玲に「僕は母さんが嫌い」と言われたさっきの瞬間よりも鈍い痛みを胸に残した。どこまで自分は女なのか。滑稽でグロテスクだと子どもに言われても、それでも自分はどこまでも女だった。

〈別れます。必ず。もう少しだけお時間ください〉

一文字、一文字を時間をかけて打ち込みながら、自然に流れてくる涙を手の甲で拭った。涙で濡れた手の甲を舐めてみる。自分の体から出てくるものにかすかに塩分が含まれていることを不思議に思いながら、私はスマホを床に置き、両手で目を覆った。

下着姿で後ろ手にネクタイで縛られ、私はいつも佐藤直也と会うホテルの一室にいた。公平とはまだ別れてはいないのだ。佐藤直也は食事の間はそのことについて一言も発していなかった。だからこそ密室に二人きりになることが怖かった。

「服を脱ぎなさい」という佐藤直也の声に私は従った。その声はさっきまでしていたビジネスの話と口調がまるで変わらない。恐怖と屈辱が私の体を満たす。それでも私は服を脱いだ。公平とまだ別れていない、という大きな失点がこちらにはある。

下着姿のまま、仰向けにベッドに寝た私のそばの椅子に彼は腰掛け、いつものように話を始めた。いつものようなアートや施術に関する話ではない。それは彼の母の話だった。彼に目をやる。水の入ったバカラのグラスを手にしている。そして、スラックスのポケットから取り出した錠剤を一粒、口に入れ、水で飲み下した。バイアグラではないか、とふと頭をよぎったが、すぐにその想像を頭の外に押しやった。

「僕が生まれたのは北陸の貧しい漁村だよ。君は石川に行ったことがあるか？」

私は黙ったまま首を振った。

「父親は遠洋漁業の漁師だった。漁に出れば長い間家に帰っては来ない。子どもは僕一人だったからね。母一人に育てられたようなものだ。小学生の頃、図画の時間に父親の顔を描けと教師に言われたものの、その顔がどうしても思い出せないんだ。それくらい僕と父親との距離は遠かった。母はおとなしい人でね。それでもとても優しかったよ。子どもの僕を愛してくれたし、父親のいない間も立派に僕を育ててくれた」

佐藤直也がベッドに近づき、腰をかける。指を伸ばし、くいと私の顎を上げる。

「君はどこか僕の母親に似ている。君は気づいていないかもしれないけれど、君の顔はどこか伝如意輪観音像《でんにょいりんかんのんぞう》に似ている。僕の母もそうだった。奈良の中宮寺《ちゅうぐうじ》に行ったことは？」

私は首を振る。

「哲学者の和辻哲郎《わつじてつろう》は聖女と呼ぶにふさわしい、魂の微笑みだと、あの像のことを評した。僕もその意見には同意する。目を閉じてごらん」

言われた通りに私は目を閉じた。

「やっぱり似ている。あの像は母にも君にも。神戸まで行ったのなら、奈良にも足を伸ばせばよかっただろうに」

そう言って佐藤直也は鞄の中から分厚い茶封筒を取り出した。封を引き裂くように開き、中から、紙焼きされた幾枚もの写真の一枚を私に見せた。公平の隣でビリケンさんに手を伸ばす私の姿が写っていた。

「薄汚い神社の薄汚いビリケン。このあたりは昔、遊郭があったんだ。花街で働く女が商売繁盛を願っておきつねさんに参拝していたというわけだ。商売繁盛、それはたくさんの薄汚い男に抱かれるということだ。君はここに何を願った?」

私は返事をしなかった。二人の未来をビリケンさんに私は願ったのだ。

「訳のわからないものに、やたらに手を合わせるものじゃない。僕の母親もね、何か困りごとがあると、すぐに村の神社を詣でていた。幼い僕もそれにつきあわされた。母があのとき、何を願っていたのか、僕にはもう知る由《よし》もないけれど……」

そう言って佐藤直也は立ち上がり、窓辺に立った。部屋のライトを灯していないので、夜景の手前にいる彼がまるでただの黒い影のように見える。

「あれは僕が小学校に上がったばかりのことだったか。父は遠洋に出かけていていなかった。その日、学校のテストで僕は百点をとった。子どもの頃から勉強だけはよくできたんだ。運動はからきし駄目だったけどね。百点をとると、母は僕の頭を撫でて、ブリキの缶の中から飴玉をひとつ出して僕の口に放り込んでくれた。薄荷《はっか》の飴は嫌いだったけれど、苺《いちご》味のときはとりわけうれしかった。母にほめられるために、僕はいっそう勉強に励んだ。その日も算数で百点をとって、僕はそのテスト用紙を手に家に向かって駆けた。玄関の戸を開けようとしたが開かないのさ。あの村じゃ、昼間、家の戸に鍵をかける家なんてなかった。母に何かあったんじゃないかと思って僕は家の裏に回った。寒い日だった。吹雪《ふぶ》いてもいた。早く温かい家の中に入って母に会いたかった。母にほめてもらいたかった」

佐藤直也がこちらを向いた。

「縁側のカーテンは閉められたままだった。だけど、端にかすかに隙間があった。僕はそこから部屋の中をのぞいた。僕の息で窓ガラスが曇った。僕はそこを拳で拭った。母が僕も知っている近所の若い男の上で腰を振っていた。上になり、下になり、まるで二匹の蛇がお互いの体を巻き付けるように体を交わしていた。そのとき、僕の目に大きな傷がついたんだ」

彼が近づき、私の胸の谷間をひとさし指で撫でた。

「貞淑な母であるはずの彼女は、獣のような女になっていた。気持ちが悪くて僕はその場に吐いてしまった。世の中のいちばん醜いものを僕はそのときに見たんだ。今になれば、母の気持ちも少しは理解できる。頼りになる夫は長い時間、家を空けている。頼りたいときも、体を交わしたいときもあっただろう。……だが、それ以来、自分は美しいものしか見ない、と心に誓った」

「……奥様も」

「ん？」

「美しい方なのでしょうね」

渇いて舌がよくまわらない口で私は言った。

「彼女も美しいものしか愛さない。学歴と職歴と容姿で僕を婿養子に迎えた。けれど、彼女は美しい女しか愛さない。僕と彼女は体を交わしたことはない。娘と息子がいるが、セクシャルアクティビティなしに彼らは生まれた」

佐藤直也が私の背中に手を回し、私の両手を後ろ手に縛っていたネクタイをほどくと、ブラジャーのホックを外した。一瞬、寒気を感じ、自分の意志や欲望とは関係なしに乳頭が尖っていくことが恥ずかしかった。

「君と会ったときから体を交わしたい、と思ったことはなかった。君はいつも美しく、仕事に燃えていた。その姿を美しいと思った、応援したいと思った。会うたび、貞淑だった母の姿を思い出した。だが、君が患者の若い男とつきあっていると知ったとき、老齢の僕にわき上がってきた感情は不思議なものだったね。母のように、君にも裏切られたのに、無性に君を抱きたいと強く、強く思ったんだ」

彼が私のショーツを下ろす。足首から抜き取る。

「思春期になったとき、僕のマスターベーションのイメージはあの薄汚い男の上で腰を振っている母の姿だった。僕は母のあの姿に欲情していた。誰と寝ていても、頭の中にはその母の像があった。そうしなければできなかった。貞淑な母であるのに、淫乱な女。そんな相反するものにしか、僕は反応しなくなってしまった」

佐藤直也が私の体の上に写真をぶちまけた。見なくてもわかった。そこには、私と公平が写っているのだろう。神戸の神社、ホルモン焼き屋、観覧車にいる二人、あるいは私のマンションに入っていく公平の姿……。

「君は彼の上で腰を振ったんだろう。あられもない声をあげたんだろう。あの日の母のように。なぜなら君は淫乱な女だからね。僕が別れろ、と言ったのに君は聞き分けが悪い。僕からの援助が打ち切られる可能性があるのに、君は彼と別れようとはしない」

いきなり佐藤の指が私のなかに入ってきた。公平とのときはすっかり温かな液体で満たされているその場所は潤《ほと》びてはいなかった。彼の指の関節さえわかるほどに渇きっていた。それでも指の出し入れは続いた。淫らな音が部屋に響き始める。

「君はほんとうに淫乱な女だ。母にそっくりの。君があの男と別れないというのなら、君は僕に抱かれ続けることになる。いずれにしろ、君の人生は僕の手のひらのなかにあるというわけだ」

「別れます。別れるつもりでいます」

「そんなこと君にできるわけがない。若い男に夢中の君に」

そう言って佐藤直也が私の体にのしかかってきた。太腿のあたりに堅さを感じた。さっき彼が飲んだ薬のせいだろうと思った。彼が一度立ち上がり、服を脱ぎ、トランクス一枚の姿になった。その裸体を見たときにおぞましさで肌が粟立った。老齢の枯れた男の体。皮膚には輝きはなく、薄い肉が重力で下に垂れている。かすかに曲がった背中、そして、高齢男性に特有のにおい。なにもかもが公平とは違う。そして、同時にこんなことも思った。私が今感じているようなおぞましさを、公平はいつも感じているのではないか、と。

無理矢理口をこじ開けられ、彼のかたいものが侵入してきた。喉の奥に到達しそうになり、私はえずく。目の端に涙が浮かぶ。歯を立ててしまおうか、と一瞬思った自分にぞっとした。公平とつきあいを続けながら、私は佐藤直也と寝ることができるだろうか。そうすれば何もかもうまくいく。クリニックも、スタッフに払う給与も、母の老人介護施設の費用も、子どもの学費も、時折渡す、元夫への援助のお金も。お金のために、私はこんなことをしているのか。違う。私は公平と別れるのだ。その失点を補うために、こうしている。二度と佐藤直也とこんなことをする気はなかった。一度だけ寝て、機嫌を直してもらい、そして、今までのように援助をしてもらう。そんなことが許されるのかどうかわからなかったが、私はそのつもりだった。これが私と佐藤直也との常態になってしまっては困るのだ。

私の両足の間に佐藤直也はひんやりするゼリーのようなものを塗った。用意周到なところが彼らしい、と冷静に頭で思っていた。佐藤直也は私が別れた、と言っても、私の監視を続けるだろう。けれど、その写真にはもう公平は写らない。私一人が写るだけだ。佐藤直也が公平に何をするかもわからない。彼の力を使えば公平を失職させることさえできるだろう。公平と別れる。仕事を続けるために。ふいに頭のなかに、さっき佐藤直也が言ったビリケンさんの像が浮かんだ。それに手を合わせた遊女たちのことを思った。

佐藤直也が私の体のなかに入ってきた。それは、公平とはまったく違う何か、だった。硬さも太さも熱もまるで違う。彼が腰をゆっくりと動かす。股間に塗られたゼリーが秘めやかな音をたてる。神戸の、あのホテルで体を交わしていたときの公平を思い出していた。私の体をむさぼるようなセックス。大きな波のようにやってきては、去って行く快感。それでもまた何度でも欲しいと思う情欲。そのすべてが佐藤直也との間にはない。

「どうせ、あの男とのセックスでも思い出しているんだろう」

そう言われて首を横に振った。

「思い出せばいい。君にとってはもう過去のことになる。彼が君の体につけた刻印に僕は嫉妬している」

佐藤直也の指がゆっくり近づいてきて、私の乳頭をねじった。痛みで思わず声が出る。快感などなかった。

「上に乗るんだ」

ぞっとするような冷たい声だった。佐藤直也がベッドに仰向けに横になり、私は彼の体の上で足を開く。まだ硬さを保っている彼自身に指で触れ、それを私の体の中心に導いた。このポジションが私は好きではない。公平のときでさえそうだった。下から見上げられた顔は女にとって醜い、できるなら見られたくない角度だ。若い公平に、自分の醜悪な顔を見られたくはなかった。

「腰を振れ」

佐藤直也がつぶやく。私は不器用に腰を上下させた。

「もっと腰を振るんだ」

ただ、ゼリーに濡れた彼自身が私の中を出入りしているだけだ。こんなもの、セックスでもなんでもない。それは運動に近かった。佐藤直也が快感を感じているのかどうかもわからない。私の下で公平のように眉間に皺を寄せ、苦しそうな表情をしている。息が荒い。私の息は少しも乱れてはいなかった。唐突に、離婚間際、関係の修復などもうできない状態であるのに、週に一度は私の体を求めてきた元夫のことを思い出した。あのときと同じだ。感情を殺して、人はセックスすらできる。そのことに恐怖を感じた。

「母のように腰を振れ！」

私は言う通りにした。佐藤直也の額に汗が滲んでいる。呼吸はさらに荒くなり、そして、「うっ」という声を発したあと、動かなくなった。だらりと腕が垂れる。私は腰を上げ、自分の中から佐藤直也自身を抜き取った。濡れそぼったそれは、土砂降りの雨に濡れたハムスターのようだった。一刻も早くシャワーを浴びたかった。私は佐藤直也に毛布をかけ、浴室に足を運んだ。

泣くものか、と思いながら、体を清めるように頭からシャワーの湯を浴びた。これくらいのことでめげてたまるか。世間を知らない年端もいかない女ではない。自分の生活のために佐藤直也と寝ることなど、なんでもないことだ、と自分に言い聞かせた。股間にシャワーを当てる。塗られたゼリーの人工的なぬるぬるさが不快だった。彼が精を放ったとするのなら、私のなかに彼の精子があるはずだ、私は指で掻き出すようにして、湯で洗った。

髪の毛をドライヤーで乾かし、バスローブを着て浴室を出た。

佐藤直也はさっきと同じ体勢で右腕をだらりとベッドの外に垂らし、目を閉じている。ミネラルウォーターをバカラのグラスに注ぐ。残りは私がそのまま口をつけて飲んだ。新鮮な水が喉を滑り落ちていく。グラスを手に、私はベッドサイドの椅子に腰をかけた。もうすっかり見慣れてしまった渋谷の夜景が眼下に広がっている。公平は今、どこで何をしているだろう、と思った。これから何度そんなふうに思うのだろう。渋谷のスクランブル交差点を夥《おびただ》しい虫のような人たちが移動していく。この東京で一度別れてしまったら、もう二度と会うことはないだろう。同じ場所にいても、もう公平の顔を見ることはできない。そのとき、佐藤直也の息が荒いことに気がついた。ぜーぜーという力のある呼吸でもなく、彼が息を吸うたびに、胸は鞴《ふいご》のように上下し、ひゅーっという甲高い音がする。

「佐藤さん?」

私は彼の体に駆け寄った。思わず彼の脈をとる。異常に速い。

「佐藤さん!」

そう叫ぶと目を閉じたまま、胸をかきむしるような仕草をする。私はすぐさま、フロントに電話をし、救急車を呼ぶように伝えた。バスローブ姿のまま、心臓マッサージを始めた。

「佐藤さん!　佐藤さん!」絶叫するように何度呼んでも返事はない。

手を止め、脈を見る。あるはずの拍動がない。私の頭にそのとき浮かんだのは、このまま着替え、部屋を後にしてしまおうか、という考えだった。けれど、彼の命はまだ、確実にこの世から去ったわけではない。調べれば、私がこの部屋にいたことなどすぐにばれてしまうだろう。佐藤直也が死んだかもしれない。その現実が水の中に落とした一滴の墨のように私の心のなかで広がっていく。

もし、医学的な処置をして彼が息を吹き返さなければ、すべてを失うことになるだろう。即座に私は思った。彼が死んでしまったら悲しい、という思いより先に。ドアが叩かれる音がする。ドアを開くと数人の救急隊員と警察官が部屋のなかになだれ込んでくる。彼が担架に寝かされ、運ばれていくのを、黙って見ている私に警察官の一人が言った。

「ご同行願えますか？」

私は黙って頷き、浴室でバスローブを脱ぎ服を身につけ始めた。右腕の内側にかすかに内出血している場所がある。佐藤直也が人生で最後の快楽に到達したときに強く摑んだ場所だった。

「いつか、こんな日が来るのじゃないかと思っていました」

霊安室で初めて顔を合わせた佐藤の妻はなぜそうするのか、私に向かって頭を下げた。

「一人で逝かなくてよかった……あなたがいてくださって」

その優しそうな言葉とは裏腹にその声はぞっとするほど冷たかった。

警察でのやりとりは思い出したくない。あの夜の佐藤の様子。佐藤が口に入れた錠剤を誰が用意したのか。私は誰なのか。佐藤とはどんな関係であったのかを執拗に聞かれた。もちろん、事件であるはずもない。無実はすぐに証明されたが、刑事の一人が最後にぽつりと言った。

「あなたも運が悪い」

そして、それは実際のところそうだった。彼が亡くなってすぐ、彼の弁護士から、「今後の援助をすべて打ち切る」と書かれた素っ気ない書類が送られてきた。行くべきではないだろう、と思いながらも、佐藤直也の葬儀には出席した。私が会場に到着すると人々は無遠慮な視線を投げつけ、隣の人間と小声で言葉を交わした。業界の見知った顔も多かった。どこからか、まるで風にのってきた言葉のように「腹上死」という言葉が私の耳に入った。正確に言えば腹上死ではない。けれど、そうやって噂は瞬時のうちに広がっていくだろうと思った。

遺影は、穏やかな笑顔だった。私に仕事を、アートを語るときの彼の笑顔。幾度、食事をし、何時間彼の話を聞いたのだろう。私にとっては父のような人だった。ただのオーナーではなかった。その関係を壊したのは、彼の命を奪ったのは、私だ。

棺《ひつぎ》のなかに寝かされた佐藤直也の顔を見た。ドライアイスで冷やされた佐藤の頬に手で触れた。すぐさま、その手を摑まれた。摑んでいるのは、親族席に座っていた佐藤の娘だろうと思った。母親とよく顔が似ている。同じ施術を受けているのだろう、とその顔を見ながら、美容皮膚科医の目で思った。

「あなた、よくもぬけぬけと!」

そう言って数珠《じゅず》を投げつけられた。

「あなたがいなければ父は、父は……」

彼女はそう言って二つの拳を力強く握ったままむせび泣いた。母親が駆け寄り、彼女の体を支える。どこか芝居がかったその二人の様子を見ながら、家庭に佐藤直也の場所はあったのだろうか、と思った。

斎場を出ながら、晩夏の蟬時雨《せみしぐれ》のなかを歩いた。季節は確実に秋に向かっている。

横断歩道の信号が青になるのを待っていた。すべてを失う、のなかには、正確には佐藤直也はカウントしていなかった。私の心の大部分を占めているのは、公平のことで、正直なことを言えば、クリニックも、母のことも、玲のことも、そして元夫のことも、どうにでもなれ、という気持ちがあった。

「君はこの一ヵ月でなにか美しいものを見たか?」

信号が青に変わったとき、ふいに佐藤直也の声が蘇った。その質問が嫌いだった。

インテリジェンスを押しつけられているようで。けれど、美しいもの、それは佐藤直也とのあのたわいもない会話だったと気づいたとき、おなかの底から、まるで渦を巻くように声が出た。しゃがみ込んで吐くように泣く私を、通り過ぎていく人は、怪訝そうな目で見るが、誰も声をかけてきたりはしない。東京の人の冷たさをありがたく思いながら、私はしばらくの間、その場で声を上げて泣いた。太陽はもう天頂に近く、私の小さな影は黒々としていた。

五章　ユーカリ

「そういうわけでこのクリニックはあと一ヵ月で閉めることになったの。みんなの再就職先は私からもなんとかするから」

ミーティングルームに重く横たわった沈黙。私はそれを破るようにつとめて明るい声を出した。こと、と成宮さんが音をたてて机にマグカップを置く。彼女は佐藤直也とも通じていたかもしれない人間だ。そうだとするなら事の顚末を誰よりも知っているのは彼女だろう。彼女が話したかどうかわからないが、ほかのスタッフも私に何があったのかは、業界の噂ですでに耳にしているだろうと思った。

「先生のせいですよね」

最初に口を開いたのは下田さんだった。

「患者に手を出して、オーナーともできていて、最期の日にも先生はオーナーといっしょだったんですよね」

否定しようのない事実だ。私は黙ったまま彼女の目を見て頷いた。

「恥ずかしくないんですか!? そんな、そんなふしだらなこと。先生が起こしたそんな馬鹿らしいことで私たち路頭に迷うんですすよ」

いつか、ほかのクリニックから誘いが来ていると話していた彼女が、三人のスタッフのなかでいちばん若い彼女が、路頭に迷うわけがない、とは思ったが、私は言った。

「本当に申し訳ないと思っています」

そう言って立ち上がり、頭を下げた。彼女たちの生活を守るために佐藤と会っていたなどと口にするつもりもなかった。

「私はそういう人間なの。だらしがなくて節操がなくて。いつも誰かを傷つける。……今までよくこんな私についてきてくれたよね。皆さんには感謝の言葉しかありません。そして、本当にごめんなさい」

「私は今日限り、辞めさせていただきます」

下田さんが制服の胸につけていたネームタグをはぎ取り、それを机の上に置いて部屋を出ていく。成宮さんも続いて部屋を出ていった。彼女たちはもうこのクリニックに来ることはないだろう。私と柳下さんだけが部屋に残された。二人、顔を見合わせる。

「先生、患者さんたちのフォローも私がしますから」

「ありがとう。二人がいなくなって柳下さんに大きな負担がかかるかもしれないけれど、今までどおり時短勤務で大丈夫だから。あとは私がなんとかするから。再就職先のことも心配しないでね」

「先生……」

「ん？」

「出過ぎたことを言うようですけれど、そんなに何もかもご自身で背負うことはないのではないでしょうか？　……先生とオーナーとの関係がどうだったかなんて、私には本当にどうでもいいことなんです。けれど、先生がこのクリニックを守るために、私たちの給与を払うために、オーナーにいろいろとお話ししてくださっていたことは私にもわかります。オーナーが亡くなったことは悲しいことですし、このクリニックが後ろ盾をなくしたことは、先生だけでなく、正直私にも痛手です。けれど、その責任を先生一人が」

「いいの」

「えっ」

「私が全部悪かったことなの。くわしい話はあなたにもできない。けれど、私は」

それから後は言葉に詰まった。この頃はいつもそうだった。泣く直前まで気持ちが高ぶるのに、涙が出てこない。それほど私は疲れ果てていた。柳下さんの手のひらが私の背中を摩る。まるで母親が子どもにそうするように。私がいつか公平にそうしたように。

「先生はいつかご自分の力でクリニックを開く方だと思っています。そのときまで私、ほかのクリニックで腕を磨いてきます。先生の下に必ず戻ってきます。だから、絶対にお仕事を辞めるなんて考えないでくださいね」

その言葉に頷くしかなかった。うん、うん、と頷きながら、柳下さんの手をとった。佐藤直也が亡くなってからというもの、自分のまわりには敵しかいない気持ちになるほど追い詰められていた。

「いつか必ず、いつか必ず、そうするから」

柳下さんが私の手をとった。かすかに開けられたブラインドから斜めに差し込む朝の光が私と柳下さんの顔を照らしていた。

仕事は忙しければ忙しいほどよかった。余計なことを考えずにすむ。公平のことも、玲に言われたことも、元旦那が起こした騒ぎも、そして佐藤直也の死も。

手と口を動かしてさえいれば、考えることもない。患者さんの多くは、クリニックを閉める、と告げると、不安げな顔を見せたが、友人のクリニックを紹介し、納得してもらった。

自分の身の振り方を考える必要もあった。来月から、私も無職になってしまうのだ。幸いなことに、学生時代の友人たちが声をかけてくれ、三つのクリニックに医師として勤務することになった。自分の体力などかまっている時間も余裕もなかった。

そんな最中、母が亡くなった。休日前夜、老人介護施設から電話が来たときには、すでに危篤状態だった。もう電車は走っていない。仕方がない、とタクシーを呼び、奥多摩の施設にむかった。玲にはスマホからメッセージを送った。深夜なのにすぐに返事が来た。朝を待って、電車で施設に向かう、という。人の死は続くときには続く。母も長くはないのではないか。

そう後部座席で思っているときにスマホが震えた。

「たった今、お亡くなりになりました」

とても事務的な声だった。私を捨てた母が亡くなった。若い男と再婚をした母が亡くなった。この世からいなくなった。正直なところ、悲しい気持ちは湧いてはこなかった。

二時間弱かけて施設に到着すると、玄関に職員の方が待っていてくれた。彼女に案内されたのは地下にある霊安室だった。顔にかけられた白い布が、母がもうこの世にはいない、ということを物語っていた。線香の香りが充満したその部屋で、私は自分で白い布をめくった。優しげな老婆がそこに眠っていた。私が見たことのないような穏やかな笑顔をたたえて。母は一人で逝った。死に目には会えなかった。それでよかった、とも思った。白い布をそっと母の顔に戻し、線香をあげた。なぜだかそのとき公平の声が耳元で蘇った。

「奈美はなんか鶴みたいや。一匹ですくっと立ってる冬の鶴おるやろ……もう怖いもんも、悲しいもんも、そういう普通の人間が持ってるようなもん、そんなもんがいっこもないように見えるときがあんねん」

確かにそうなのかもしれなかった。けれど、私が仕事に熱中したのは、子どもを産んでも、夫と別れても、仕事だけは手放さなかったのは、母への復讐の気持ちがあったからだ。母は生涯、仕事を持つ人間ではなかった。二人の夫の庇護のもとに主婦として生きた人だった。母のようにはなりたくない。私のなかには常にそんな気持ちがあった。そして、離婚をしても玲を手放さなかった。母のような生き方はしたくない。母へのねじくれた気持ちが私を鶴のように一匹で立っている人間にしてしまった。年下の公平とつきあうようになったのも、ひとまわり下の男と再婚した母への対抗心があったからだ。女として母に負けたくない、という気持ちがどこかにあった。

母など私の人生になんの影響も与えていない。そう思って生きてきたつもりだった。けれど、私の生には母が深く根を下ろしているのだった。ふたつの人生はまったく関わりのないようでいて、実際のところ私は母の娘だった。

「救命措置をしたのですが快復することはなく……穏やかなお顔で眠るように旅立たれました」

そう言う職員に深く頭を下げた。

「それと、お母様がここに入ったときに書かれた手紙がありまして、ご自身に何かあったときにはこれを、と」

白い封筒を私に差し出す。のり付けもされていない封筒の中から三つ折りにされた便箋を広げた。

「奈美へ　悪いお母さんでごめんなさい」

たったそれだけの手紙だった。この施設に入った当初、まだら呆《ぼ》けの状態だった母だが、意識がはっきりしているときに書いたのか、それでも、便箋の字はかすれ、まるで文字を覚えたばかりの小学生のような字だった。胸が詰まった。けれど、どうしても泣くことはできなかった。一人の長い女の人生が終わった。次は自分だ、と誰かに言われている気分だった。

朝になって玲がやって来た。玲は動かなくなった母を見て泣いた。玲に会うのは、私の家で言い争いをして以来のことだった。仕事の都合もあり、翌日、玲と二人きりで施設のそばにある斎場で簡素な葬式をあげた。母の再婚相手ももういない。近親者といえば、母にとって、私と玲しか残されてはいなかった。火葬場で母の遺体を収めた棺が銀色の扉の向こうに自動的に進んでいく。扉が閉められる。母は幸せな人生だったろうか、とふと思った。

骨上《こつあ》げまでは一時間近くかかると言う。私と玲が通されたのは、二人では広すぎる十畳ほどの部屋だった。隣の部屋では多くの人が骨上げを待っているのか、賑やかな話し声が聞こえてくる。その声で母の葬式の寂しさが身にしみた。

玲の目は赤い。彼にとってはよき祖母であった。玲が独り言のように口を開く。

「僕が子どもの頃、母さんはよくおばあちゃんの悪口を言っていた」

私と母との関係は彼にはなんの関係もない。私と母との関係を彼に持ち越してはいけない、と、私は玲の前ではなるべく母の悪口は言わないようにしていたつもりだが、私が夫に吐露した母への心情をどこかで聞いていたのかもしれない。

「母さんはいつも悪口ばっかりだな。父さんに対しても、おばあちゃんに対しても」

「…………」

「いつも自分が被害者なんだ。自分が加害者だなんて思いもしない」

そうだ。私は心の奥底では自分が加害者だなんて思ったことはなかったのかもしれない。母が自分を捨てていなくなったことも、夫がまともに仕事をしないことも。生活のために働いて、働いて、働いて。そんな自分が加害者であるわけがないと。

「母さんには時々、ぞっとするほど冷たいところがあるよ」

「……そうかもしれない」言いながら胸の奥が痛んだ。

「だけどね……」

玲が立ち上がり、窓辺に立った。奥多摩の山の裾野が窓いっぱいに広がっている。

「僕はもうあきらめた。自分にはそういう母さんが割り当てられたんだって。父さんのいない人生なんだ、って。そのことを僕は被害に遭ったとは思いたくはないんだよ。母さんみたいに。だって考えても仕方のないことだから」

何と言葉を返していいかわからず、私は黙っていた。

「綿菓子みたいだよね。家族って。指で直接触れたらべたべたして口に入れるとすぐ溶けてしまう。僕は小さい頃、家族って一生、ずっと形が変わらないものだと思っていた。だけど、父さんが抜けて、おじちゃんもいなくなって、今度はおばあちゃん。家族はどんどん減って……」

そう言う玲の目が再び赤くなる。

「まだ、僕を一人にしないでよ。母さんは突然いなくなったり、父さんみたいにいなくなる振りをしないでよ」

「しないよ」私は即答していた。私は生きる。まだ。玲のために。

「そりゃそうだよね。母さんなら殺したって死なないよね」

そう言って無理に笑顔を作った。すぐそばの椅子に座りこんだ玲の髪の毛に指を入れた。玲がうざいという態度で頭を振る。私は手を引っ込めた。

「玲……」

「ん」

「ごめんね。いつも勝手なことばかりやって」

答えはなかった。ただ、玲は頭を振った。そういう私の言葉すら、彼にとっては必要のないものなのだろう。リノリウムの床を見ながら玲が話す。

「僕は僕の人生を生きるからいいんだ。……いつか、いつか、ずっと先、結婚することがあったら、僕は母さんと父さんみたいに言い争いもしないし、離婚もしない。子どもを寂しい目に遭わせることは絶対にしないよ。反面教師だよ。父さんと母さんのようには絶対にならない」

うん、と私は頷いたが、視線を落としていた玲には目に入らなかっただろう。けれど、玲の口から、結婚、という言葉を聞いたのはこれが初めてのことだった。

「母さん、大丈夫なの？」

クリニックを閉めて、違うクリニックに勤務するということは玲にもメッセージで伝えてあった。返事はなかったが。

「なんにも心配いらない。玲の学費もちゃんと払えるから」

メッセージにも書いたことを私はくり返し玲に伝えた。

母の残した所持品は数えるほどしかなかったが、表紙に太いマジックペンで「奈美と玲に」と書かれた預金通帳が一冊残されていた。そこには驚くほどの金額が並んでいた。一人の主婦であった母がどうやってこの金額を貯めたのか。亡くなったときの保険金の受取人も私になっていた。玲の学費はもちろんまかなえる。それでも十分な額が残る。いつか新しいクリニックを開くときには、このお金が足がかりになってくれる、と思った。

愛とはお金でもある。相反するもののようにも思えるけれど、私に人生訓のようなものがあるとするならそれだった。そういう意味では母とは似たもの同士だったのかもしれない。素直にありがたいと思った。そんなことを母に対して思ったのは、生まれて初めてのことだった。スマホが震える。見なくてもそれが誰だかわかった。LINEやメッセージには公平の言葉があふれ返っているだろう、と思った。見ないつもりでいたが、スマホの画面上にあらわれた文字が目に入る。

〈一度、会って話がしたい〉

クリニックを失い、母が亡くなったこのタイミングで、私と公平との関係もすっきりと清算するべきときが来たのだ、と私は思った。

「俺は奈美と別れる気はあらへん。奈美が俺とのつきあいに疲れたというのなら、俺が奈美のペースに合わせればいいだけの話やないか」

部屋に来るなり公平はそう言った。これが公平に淹れる最後のコーヒーになる、と思いながら、私はコーヒーメーカーに豆と水を入れた。スイッチを押すと、大きな音が部屋に響く。椅子に座っていた公平が立ち上がり、私の傍に近づき、コーヒーメーカーのスイッチをオフにする。

「話の途中や」

突然の静寂が部屋を満たした。

「私はね……あなたが思っているような人ではないの」

私は椅子に座り、公平も向かいに腰を下ろした。

「雇われ院長だといつか話したでしょう。私のクリニックは私のものじゃない。オーナーがいて、私はその人に雇われていた。その人と関係があった。先日、その人は亡くなったの。私と体を交わしたあとで」

「………」公平の顔に困惑の表情が浮かぶ。

「その人と体を交わしながら、私はあなたとつきあっていたんだよ。私はそういう女なの」

ナイフのような言葉を公平に投げつけている、と思った。とどめ、を公平に刺しているのだ。けれど、血が流れているのは私も同じだった。

「元の夫は幾度も自殺未遂を繰り返している。私が家庭を壊したから。彼から息子を奪ったから。彼からも息子からも私は家庭を壊した張本人だと思われている。……そして、それはほんとうのことなの」

私は立ち上がり、グラスにミネラルウォーターを注いだ。公平にも差し出す。彼は黙って首を振った。

「オーナーが亡くなってクリニックは後ろ盾を失った。私はもうクリニックの院長ではない。これからいくつかの病院で非常勤医師として身を粉にして働くしかないの。だから、あなたとつきあっている時間はない」

グラスに口をつけた。ごくり、と喉が鳴る。喉が渇いてしかたがなかった。本意でない言葉を話しているせいなのか。

「別れましょう。前にも言ったけれど、若いあなたが私のような女で時間を潰している余裕はない。私にだってもうあなたとつきあっている時間もないの。そういう権利も私にはない。けれど、あなたには未来がある。未来に行くには出来るだけ身軽なほうがいいの。あなたが昔、バックパックひとつで世界を旅したみたいに」

「……奈美にもあるやろ、未来は」

ぽつりと公平が口にした言葉で私の心のなかに雨が降った。ゲリラ豪雨のような雨。公平と初めてクリニックで会ったあの日もそんな雨が降っていた。

「こんなこと言うのは不謹慎かもしれんけど、そのオーナーが亡くなったのなら、奈美はもう自由の身やないか。その人との間に何があったのか俺は正直、知りたくはない。けれど、その人がいなくなったんやったら」

「その人に抱かれながら、あなたともつきあっていたんだよ。何食わぬ顔をして」

「…………」

「私はそういう女なの」

「いやや、いやや」

まるで駄々をこねるように公平は首を振った。

「俺と過ごした時間、奈美は楽しくなかったんか？」

楽しかった、心のなかで答えた。

ふいに公平が振り返り、部屋の隅にある母の遺骨と簡素な祭壇に目をやる。

線香は毎日あげている。部屋のなかにもそのにおいが染みついているだろうと思った。そのにおいに公平がやっと気づいたのだろうか。公平が祭壇に近づく。遺影などは飾ってはいなかった。

「誰が亡くなったんや」

「母よ」私はまるで明日の天気でも口にするように言った。

「…………」公平が黙ったまま私の顔を見る。

「先週亡くなったの」

「そんな大事なことも、俺はもう知らせてもらえんのやな」

「あなたには関係のないことだもの」

そう言って私はテーブルの傍を離れ、私の部屋にあった公平のものをまとめた紙袋を公平の足下に置いた。スエットや下着や靴下やワイシャツ。すべて洗濯しておいた。ワイシャツには丁寧にアイロンをかけた。アイロンをかけ終わったとき、それが公平自身であるかのように顔を埋めた。私の愛しい人。

公平が袋の中身を一瞥《いちべつ》して私の顔を見る。怒りがにじんでいる。

「もう疲れたの。懲り懲りなの。あなたが夜中に来て、眠い目をこすりながら食事を作ったり、細々と面倒を看たり。私はあなたのお母さんじゃないのに。外食するときだって、あなたの食べたいものばかりに付き合うのも疲れた。あなたの若い胃には私の年齢ではもうついていけないの。神戸の旅行だって私は疲れきっていた。あなたは、そんな私に気づいていなかったでしょう?」

そのときふと、観覧車に乗って見えた神戸港の灯りが脳裏をよぎった。あんなに綺麗なものを久しぶりに見た。心が洗われるようだった。綺麗と心から思えたのは隣に公平がいたからだ。

「それが本心か? 本音か? 俺たちこんなふうに終わってしまってええんか。奈美と別れて俺も不幸になるんやで。何人もの男を不幸にして、奈美はうれしいか?」

「男じゃ幸福になれないことを知っているもの。私を幸福にするのはひとつしかない。仕事なんだよ。仕事で成功すること。男なんてもう必要ない。あなたももういらないの。男の人に安らぎを得たり、心の支えにしたり、そういうことも私にはもう必要じゃないし、いっしょにいることで生まれるいざこざにはもううんざりなの……そういう意味では私はもう女じゃないのかもしれないね」

そう言いながら、公平の衣類を入れた紙袋を玄関に持っていった。公平が私の後を追う。廊下の壁に押しつけられ、まるでぶつかるような口づけをされた。私は公平の体を両手で強く押し返した。その先はもう永遠にない。公平の目を見ることはできず、私は彼が着ているワイシャツの貝ボタンを見ていた。

「奈美は女や。俺が知ってる」

「あなたを待っている人と幸せになりなさい」

ぷいと公平が顔を横に向ける。その仕草が子どもじみている。この人は若い。この人には未来がある。私は心のなかで呪文のように繰り返していた。乱暴に、そしてやけくそのように紙袋を手にとり、彼は部屋を出ていった。エレベーターのほうに遠ざかっていく公平の足音。私はその音に耳をすませていた。玄関にしゃがみ込む。喉がつまる。これでよかったのだ、と思いながら。立ち上がり、ドアに耳をあてる。エレベーターの扉が開く音がし、彼の靴音、そして、扉が閉じられる音がした。泣きはしなかった。泣けはしなかった。けれど、その翌日から、私は自分の泣き声で目を醒ますようになった。夢のなかに幾度も彼はあらわれ、そして去って行った。自分から捨てておいて、まるで置き去りにされた子どものような気持ちで、私は朝を迎えた。

公平と別れて一年が過ぎ、私は四十九になった。

日替わりで三つのクリニックに医師として勤務した。すべての給与を合わせても、佐藤直也からもらっていた金額には到底届かなかった。いかに私が彼の庇護の下にいたか。それを彼の死後に思い知らされた。

それでも、没頭できる仕事があるのは有り難かった。仕事にさえ没頭していれば余計なことは考えずにすむ。生活を切り詰め、毎月、できる限りの貯金をした。いつまでも勤務医としてやっていくつもりもなかった。けれど、診察の合間、思い出すのは公平のことばかりだった。彼と何を食べ、何を話し、どう体を交わしたか。彼の顔、指、首、表情。もう絶対に見ない、と心に誓いながら、スマホに一枚だけ残された彼の写真をくりかえし見た。いい加減に往生際が悪いと思いながらも、私の心はまだ公平にあった。それは人生最後の恋だからだろうか。女として生きられた最後の時間だからだろうか。

あまりに仕事に集中し過ぎて、診察が終わる頃には、めまいを感じたほどだ。診察中には、顔が突然に熱くなる更年期特有の症状もあった。生理は気がついたときにはすでに終わっていた。初潮を迎えて以来、私を女でいさせるために働き続けていた卵巣も、その動きをついにストップしたのだ。寂しさと安堵の気持ちがまぜこぜになっていた。

それでも勤務していたクリニックには、もっと美しくなりたい、という女たち（あるいは男たち）がやってくる。私よりも年上の女性も多かった。身体的に女としての役割を終えても、美しくなりたい、という気持ちには終わりがない。その気持ちに応えたかった。

三つのクリニックに勤め始めた頃、前のクリニックの患者さんたちには、何曜日にどこのクリニックにいるか、ハガキを出して知らせてあった。旧知の患者さんに会えば心も弾んだ。

「先生の新しいクリニック、いつから始まるんですか？」と聞かれれば言葉に詰まったが、六十になるまでには、自分のクリニックを持ちたい、という目標ができた。サラリーマンであれば、退職をする時期だが、私は体が持つ限り、美容皮膚科医として仕事を続けるつもりでいた。

新しい勤務先に真っ先にやってきてくれたのは箕浦さんで、家からは遠く離れた場所にあるのに、電車を乗り継いでやって来てくれる彼女には会うたびに礼を言った。

「だって、私の顔のこと、私以上に知っているのは先生なのよ。もうほかの誰かに、この顔を預ける気はないの」

そう言われれば、施術にも力が入った。ある日、施術を受けながら、彼女が言った。

「あのね、先生、うちが持っている渋谷駅前の雑居ビルなんだけど空きがあるの」

施術に集中していて、最初は彼女が何の話をしているのかわからなかった。彼女が話を続ける。

「かなり古いビルだけれど、耐震性にも問題ないし、こまめに手を入れているから中は綺麗なもんよ。ちょっとまわりはザワザワした所だけど、滅多に出ないわよ、あんな物件。先生だから、賃料はうんと安くしておくわ」

「それって……」

彼女がこんな話をするのは、患者として彼女に会って以来、初めてのことだった。

「先生の新しいクリニックの話よ。もういい加減、私の家のそばに開いてもいい頃じゃないかしら」

私の頭の中でいろいろな数字が飛び交った。賃料が安いとはいえ、レーザー機器などの設備投資を含め、三千万を超えるお金が必要になる。借金はしたくなかった。でも、そうすれば貯金と母が残したお金のほとんどを使い果たしてしまうことになる。まさに一から、いやゼロからのスタートを私は切ることになる。

「でも、私にはまだ、その力が……」

彼女の顔に残ったゼリーを拭き取りながら、言葉を濁したが、箕浦さんが顔をこちらに向けた。私の心を見透かしたように。彼女が椅子から立ち上がり、自分のバッグを探る。スマホと老眼鏡を取り出した。

「とにかく一度、見てみない？　借りるか、借りないかなんて、まず物件見てみないと話にならないでしょう」

そう言いながら彼女は私に空いている日にちと時間を確かめ、私以上に器用にスマホを操作しながら、スケジュールの空欄に文字を埋めていった。

仕事の入っていない木曜日、私は箕浦さんと渋谷駅前の雑居ビルの前で待ち合わせをした。箕浦さんがやって来る前に私はそのビルを見上げた。確かに古いビルだ。少し歩けば、駅裏の歓楽街にも近い。けれど、前のクリニックよりも駅に近い、ということは、患者さんにとってもメリットになる。一階にはこの町にふさわしくはないような呉服屋が入っているところもよかった。奥のエレベーターに目をやる。古いが、汚くはないし、綺麗に清掃がなされている。しばらく待っていると、箕浦さんが道の向こうからやって来て私の姿を認め、手を上げた。

「あまりに古くてびっくりしたでしょう?」

そう言って私の腕をとる。

「いえいえ、そんな……」

「とにかく中をご案内するわ」

ロングのグレイヘアを小さくまとめ、真っ赤なルージュをつけた箕浦さんと小さなエレベーターに乗り込んだ。カタカタと小さな音を立ててエレベーターはゆっくりと上昇し、五階でストップした。扉が開き、歩き出す箕浦さんの後に続く。ワンフロアに二部屋ずつあるのか、隣が弁護士事務所というのも印象が良かった。重いドアの鍵を箕浦さんが開け、さあ、と言うように私の顔を見上げる。私は冷たいドアノブに手をかけて、ドアを開けた。三十畳ほどだろうか、リノリウムの床の部屋の隅には小さなスツールがふたつ置かれているばかりで何もない。前のクリニックよりも手狭になるのは仕方がないが、動線的には効率よく動けるような気がした。

南東を向いた壁の一面は窓で、わずかな光が差し込んでいる。隣の雑居ビルが丸見えになってはいるが、クリニックの性質上、ブラインドやカーテンで隠してしまえばなんの問題もないだろう。

「すごい……」私は思わず声をもらした。

「ここをクリニックにするためにどんなリフォームが必要なのか、わからないけれど、それもうちの関連会社にやらせるわよ。もちろん破格で」

そう言って箕浦さんは私に目配せする。

「でも、こんなに駅にも近くて広い場所です。賃料が……正直なところ、私に払えるかどうか……」

「最初の三ヵ月分はいらないわ。敷金もいらない。ただ、三ヵ月後には」

そう言って箕浦さんは黒い小さなバッグの中からスマホと老眼鏡を取り出し、計算機のアプリに数字を打ち込んだ。それを私に見せる。安くはない。スタッフを一人雇って、ギリギリ払っていけるかどうか、という金額だった。それでもここの場所を考えれば、箕浦さんが随分と値段を下げてくれたのだろう。

「最初の三ヵ月分の賃料と敷金は私からあなたへの独立記念のプレゼント。ただし、三ヵ月後には、クリニックの仕事が軌道に乗っていないといけないわね。そんなことあなたは易々と乗り越えていくだろうけれど」

そう言いながら、箕浦さんが小さなスツールに腰を下ろした。

「あの、お言葉ですけれど、箕浦さん、どうして私にそんなに」

「女一人で頑張っている人を応援したいだけよ。それに私、先生のことが好きなのよ。あっ、そういう意味じゃないのよ。先生みたいに一人でなんでも抱え込んで、仕事に邁進している人を見ていると、昔の自分を見ているみたいで……佐藤もさぞかし先生と会えて楽しかったと思うわ」

「佐藤さん……？」

「私、佐藤の葬式にも行ったのよ。先生は気づいてなかったようだけれど……」

「箕浦さんと佐藤さんはお知り合いだったのですか？」

「昔から顔は知ってはいたわね。だからって恋人同士だったとか、そういうんじゃまったくないわよ。同じくらいの年齢でしょう。二人ともまだ貧しい時代から、このあたりで顔を合わせて、たまに同じような仲間を交えて食事をするような。お互い、佐藤、箕浦と呼び合うような、同志の関係と言ったらいいのかな。二人ともあんまりお金のない時代から切磋《せっさ》琢磨《たくま》してここまで来て……あの人は美容業界に、私は父から継いだ不動産業で」

「そうでしたか……」

「父から継いだ、なんて言うけれど、父の代では、ただの町の不動産屋だったのよ。学生にアパートを紹介するような。亡くなった夫が私と結婚をして後を継いだ、というだけ。ただ、彼にはあまり才能がなかったのね。仕事を切り盛りしているのはほとんど私だった。事業を拡大していく才能が夫よりもあった。何より仕事が好きだった。私は有頂天になっていたと思う。夫はそんな私にいじけて家を出ていった。それ以来、シングルマザーで二人の子どもを育てたのよ。昭和にはバブルというラッキーな時代もあった。仕事が楽しくて仕方のない時期ね。そのあとの不景気だってなんとか難を逃れた」

「そんなことが……」

私も窓際のスツールに座った。

「佐藤の葬式のときね、口さがない連中がいろんなことを言っていた。先生と佐藤との関係とか、先生自身の恋愛のこととかね」

私は思わず俯いた。私自身のことまで……。

「先生と佐藤がどうだったかなんて私には興味がないし、先生自身の恋愛にも興味はないの。ただね、そういう連中がまだそんなこと言っているのか、いったい今は二千何年？　とめまいがしたのは事実」

　そう言って箕浦さんが笑った。笑いながら、目の端をハンカチで拭う。

「佐藤があなたのことを話すとき、本当に楽しそうだった。なんにも知らないやつなんだよ、と言いながらも笑ってね。笑った顔なんて滅多に見ることなんかなかったのに、この人でもこんなふうに笑うことがあるんだと思ったわ。先生と佐藤が恋愛関係にあったとしてもそれはそれでいいじゃないか、と思っていた。……佐藤はいい死に方をしたと思うわ。最高じゃない」

「………」

　私はただ黙って目を伏せていた。今でも佐藤直也の死に対して胸のあたりに悲しみ、というかたまりがあるのに、それはいつまでも溶けていかない。

「自分より若い男と恋愛している女はまだ悪く言われるのね！　二〇二〇年代になっても！　私が若かった時代と何も変わらない。でもね、先生、そういうこと言う人たちはもう人生から戦力外通告を受けた連中なのよ。自分から安定している場所にいるくせに退屈で仕方がないの。あとは、ぽかんとした顔で池の鯉にえさをやるくらいしかやることがない。老いていくばかりで人のことしか話題にすることのない醜い能なし人間。そんな人たちなんか視界に入れるのをやめなさい」

箕浦さんがスツールから立ち上がり、私に近づき手を取る。

「私だって、まだ現役のつもりでいるのよ。とっくに戦力外通告を受けているのかもしれないけれどね。毎朝、起きて、自分の顔を見る。悪くはない、と思うわ。先生のおかげよ」そう言いながら、また、箕浦さんがおかしそうに笑った。

「私ね、この前、道玄坂《どうげんざか》で若い女の子にすれ違いざまに言われたのよ。あのおばあちゃん、かっこいい、ってね。うれしかったわ。先生が綺麗にしてくれた顔に毎朝、化粧をするのが楽しいの。顔が綺麗になれば、背筋も伸びる。頑張ってヒールを履こうと思う。翌日は腰が痛いけれどね……。さて、私の話はもういいわね」

そう言って箕浦さんは手を叩き、今一度、私に尋ねた。

「先生、どうする？　ここで先生のクリニック開く？」

箕浦さんの放った「先生のクリニック」という言葉が胸に響いた。

私はしばらくの間黙っていた。賃料のことを誰かが聞けば、やめろ、と言ったかもしれない。けれど、ここが自分の城になる。自分の名前を冠したクリニックを開ける。

「ここを私に貸していただけますか？」

「もちろん。先生に使っていただけるのなら、この部屋も喜ぶわ。私にはわかるのよ。変なことを言い始めたおばあさんだと思わないでね。呆けてもいないわよ。部屋がその人を待っている、ということは本当にあるの。この部屋が空いたとき、すぐに先生の顔が浮かんだんだから。長年の勘ね」

「ありがとうございます。ただ、最初の三ヵ月分の賃料と敷金は払わせてください。リフォームの会社は是非紹介していただければ……」

「……先生はそう言うと思ったわ」

「最初から全部、自分でやってみたいんです」

「先生……」

箕浦さんが私の手をとる。

「また恋をしなさい。今の先生、とても綺麗よ」

そう言って箕浦さんの手が私の頬を撫でる。

「私も早くここで先生の治療を受けなくちゃ。温かいコーヒーでも飲みましょう。体がすっかり冷えたわ」とドアに向かい、将来、私のクリニックになる部屋に向き直ってなぜだか頭を下げた。

「よろしくお願いします」

私も箕浦さんに倣って部屋に頭を下げた。

「どうぞよろしくお願いします」

私の声が誰もいなくなった部屋に響いた。


三ヵ月後のクリニックオープンに向けて、リフォームの工事が始まった。箕浦さんに紹介されたリフォーム会社は破格の安さでその工事を請け負ってくれた。玲とそれほど年齢が変わらないのではないか、と思われる若い男性の担当者がこう言った。

「どこか一ヵ所でも自分の手で何かをしてみると愛着が湧くものですよ」

「でも、私、何のプロでもないのよ。釘一本打てないし」

「壁を塗ってみたらどうですか？　全面は無理かもしれないけれど、診察室の壁だけでも先生が塗ってみては？　多少、ムラがあっても家具で隠れますし、その部分が見えたっていいアクセントになるものですよ」

彼が人をのせるのがうまいのか、そう言われて、素直にその気になった。彼が持ってきた大量のペンキの色見本からピンクに近い薄いラベンダー色を選んだ。それでも一人では塗りきることはできないだろうと思い、柳下さんと玲に声をかけた。クリニックを開く、ということはすでに柳下さんには知らせておいた。メッセージを送ると、すぐに電話がかかってきた。

「先生、いよいよ、いよいよですね」

最初から彼女は涙声だった。

「ごめんね、急に連絡して。柳下さんとぜひまた一緒に仕事がしたいの。勤務体系も以前のクリニックのときのままでいいし、給与もできるだけ以前と同じにするつもり」言い終わらないうちに彼女が言葉を返す。

「そんなことぜんぜんいいんです。子供はもう小学生ですし、以前より長く働けます。給与だって、先生、無理しないでください」

「今、勤務しているクリニックを退職してもらうことになるけれど、それは大丈夫かな？」

「早く退職したくてたまらないところでしたから。医師とスタッフ同士の連携も悪いですし」ひとしきり今の職場の不満を語ったあと彼女は再び言った。

「私、先生と早く仕事をご一緒したいです」そう言われて心のなかにあたたかなものが灯った。

壁を塗る日、玲は来ないだろう、と思っていたが、真っ先に現場にやってきたのは彼だった。絵の具で汚れた白いつなぎを着て、リフォーム会社の担当者に指導を受けながら、すでにペンキを塗り始めている。汚れてもいいようなエプロンを着け始めた私を見て、紙袋を投げてよこす。

「そんなことだと思った。これ着て。友だちに借りてきたから。学祭で使ってたやつ」

袋を見ると汚れたつなぎが二枚、入っている。

「息子さんはさすが美大に通っているだけあって筋がいいなあ」

リフォームの担当者が声をあげる。私がいない間にそんな話もしたらしい。確かに玲は器用にペンキを塗っていた。

「うちの会社に来ない？」

そう言われて玲の顔がほころんだ。そんな玲の顔を見るのも久しぶりのことだった。隣ではリフォーム工事の騒音が鳴り響いている。担当者は私に簡単にペンキの塗り方を説明したあと、

「わからなかったら息子さんに聞いてください」と隣の部屋に行ってしまった。

私のすぐあとにやってきた柳下さんと三人、ローラーを手に診察室の壁を塗った。そうは言っても、ほとんどは玲が塗ったようなものだった。休憩時間には、柳下さんが缶コーヒーを買ってきてくれて、それを飲みながら半分ほど塗りおえた壁を見た。

三人とも体育座りで薄汚れた同じつなぎを着ているのがおかしかった。

「ペンキ塗りって、首と腕にきますね意外に」

柳下さんが笑いながら言った。

「明日は筋肉痛だね」首を回しながら私が答えると、

「俺、残り、全部やるよ」と玲が言った。

「えっ」

「だって、母さんが塗ったところ下手すぎるもの」

そう言って私が塗った一角を指さした。確かに明らかなムラになっている。

「診察室の壁がムラだらけの美容皮膚科ってなんか」

玲がそう言うと、柳下さんが笑いながら言う。

「確かに自分の顔もムラだらけにされそう……」

「ちょっと柳下さんもなによ。わかった、玲に任せるよ。あなたは若いし体力もあるし」

「いや、バイト代はちゃんともらうから」

「えっ」

「冗談だよ」

そう言って笑った。ブルーシートで養生した床の上に寝転び、玲と柳下さんと三人で笑った。冷たい床の上だったが心はあたたかかった。いよいよ、ここが私のクリニックになる。オープンは三月一日。あと半月後のことだった。

その間に公平のことを思い出さなかったと言えば嘘になる。自分から別れを切り出しておいて、私の心はまだ執着していた。昼間、起きているうちはまったく泣くことはできないのに、毎朝、自分の泣き声で目をさますようになった。夢のなかには、ほとんど毎晩のように公平が出てきた。いつそれは終わるのか。私にもわからなかった。あの恋人とよりを戻し、結婚をするとするのなら、この春なのだろう、という気がした。私が自分でクリニックを開く季節に、公平は結婚をする。真実などわからないのに、それはほとんど確信に近いものになった。結婚をして、家庭を持ち、永遠に私の手の届かないところに行ってほしかった。

リフォームのほとんど終わった部屋を夜に一人で訪れた。

ここが受付、診察室、治療室、洗面所、トイレ、パウダールーム、スタッフルーム。そのひとつひとつの部屋に行き、壁やカウンターに手で触れた。以前のクリニックと比べれば、とてもお金がかかっているとは誰の目にも見えない。けれど、少しずつ手を加えていけばいい。たくさんの人をここで綺麗にする。お金を手にする。自分が生きるために。柳下さんのために、玲のために。余ったお金でここに手を入れよう。そう心に誓った。ブラインドを上げると、隣のビルのけばけばしいネオンが目に飛び込んできた。

初めて公平が私を連れて行ってくれた焼き鳥屋もこのクリニックから歩いていける距離にあるはずだ。鶏を焼く煙に燻されながら囓った焼き鳥。そのあたりに足を運ぶつもりもなかった。頭の中ではもう幾度も公平との思い出を反芻《はんすう》しているのに、行動にうつすつもりはなかった。その前を通らずに、家に帰る私鉄の改札口まで歩くことができる。素知らぬ顔で。

私は長かった髪をばっさりと切り、生まれ変わるのだ、と自分に言い聞かせた。

そうして三月、私は自分のクリニックの院長になったのだった。

公平という人も、あの恋も本当にあったことなのだろうか、と思う日々が増えた。私は仕事に没頭し、毎日やってくる患者さんたちの顔に施術をした。それでも、診察の合間、私はスマホを開き、写真フォルダに残されたままの公平の顔を見ることをやめられなかった。それは実際に起こった。竜巻のように私を巻き込み、また自ら渦に巻かれ、そうして嵐は去った。

箕浦さんはやってくるたびに、「先生、仕事だけじゃなくて恋もしなさい」という言葉を残していった。恋と呼べるものは、公平と会うまで縁遠くなっていたし、そんな気持ちにもなれなかった。けれど、そんなことが自分に起こった。私はそれを忘れないために公平の写真を見続けているのかもしれなかった。

オープン当初はどうなるのだろう、と思っていた患者さんの数も月が変わるごとに増えていった。午前十時から午後九時まで。柳下さんは午後六時まで。休診日は木曜日のみ。派手な宣伝をするような費用もなかったが、駅に近く、診察時間が長く、院長が施術まで行う、という口コミがどこからか広がったのか、以前のように雑誌の取材を受けることも多くなった。そのほとんどが女性誌だ。公平が目にすることはないだろう、とは思ったが、それでも万一、彼が今の私を目にしても落胆しないように、定期的に自分の顔に施術をし、ヘアメイクを柳下さんに頼んで、カメラの前で笑みを浮かべた。

そうしてあっという間に三年の歳月が経った。私は五十三になった。

玲が結婚をする、と言ってきたのは、彼が大学を卒業し、デザイン事務所に勤め始めて二年が経った頃だった。事務所の後輩ということだったが、初めて会った玲の彼女はまるで高校生のように初々しい人だった。女親として彼女に言うことなど何もない。

「こんな気むずかしい息子と結婚してくれてありがとう」

　心からそう言うと、

「気むずかしいところなんてぜんぜんないです。家事も自分からなんでもやってくれて」

　隣にいる玲の頰が赤らんだ。子育てのゴールはいつなのか、わからないまま無我夢中で育ててきたけれど、それは子どもの結婚なのかもしれない、と思った。派手な結婚式はしたくないが、籍を入れた日に両家で食事会をしたいと言う。元の夫と顔を合わせるのか、彼は本当に来るのか、と一瞬憂鬱な気持ちにもなったが、玲のためだ、と腹をくくった。彼とはここしばらく連絡すらとっていなかった。

　当日、元の夫は今まで見たことのないようなスーツ姿でやってきた。私に名刺を差し出した。フォトギャラリーという文字が見えた。

「今、ここで友人に雇われてる。玲の結婚に間にあってよかった」

　私も同意見だ、と言いたかったが黙っていた。とにかくどんな仕事であれ、生活ができているのならそれでいい。玲の奥さんの家族も素朴でいい方たちだった。いつか、綿菓子のようにすぐに溶けてしまうもの、と自分の家族のことをそう言っていた玲が新しい家族を持つ。玲がこれからどんな家族を作っていこうとしているのかわからないが、そう思ってくれただけでありがたいと思った。

「母さん、今までありがとう」

と、食事会の最後に玲と彼女から花束を渡されたのには面食らったが。玲は私に目をやらない。きっと彼女の提案なのだろう。変なサプライズだけは絶対にやめてね、と釘を刺しておいたのに。彼女の家族の手前、私は派手に喜ぶ振りをし、花束に顔を埋めた。

元の夫が仕事に就き、玲が家族を持つことで、肩の荷がひとつずつ下りていくような気がした。これでやっと息がつける。心からそう思った。

食事会をした青山のレストランを出たあと、私は風に当たりたくて、一人、渋谷駅まで歩いた。時折、妙な恰好をした若者とすれ違う。フランケンシュタイン、魔女、映画のキャラクター、アニメのコスプレ。顔や体を血みどろにした若い人たち。ぼんやりと見ているうちに気がついた。今日はハロウィンの日だった。スクランブル交差点に近づいていくと、そのほとんどが仮装をした若者たちだった。しまった、と思ったときにはもう人の波に呑まれていた。私鉄に乗るためには、ここをなんとか通って駅に向かわなくてはならない。ハッピーハロウィン！　トリックオアトリート！　という声がこだまする。何がハロウィンだ、と思いながら、私は人をかき分け、歩を進める。

人に押され、やっと辿り着いたのは、クリニックとは反対側にある歓楽街の一角だった。公平と行った焼き鳥屋のある通り。そこにも、若者がひしめきあっていた。行くつもりなどなかったのに、人の流れには逆らえず、気がついたときには、その焼き鳥屋の前にいた。食事会を終えた妙な興奮と、どこかしら寂しい気持ち。一息ついたと思ったものの、これで本当に一人になった、と思った。冷たいビールと焼き鳥の二、三本ならおなかに入れられそうだった。

サッシのついた戸を開けると、あのときと変わらない大将が「いらっしゃーい」と声を上げた。入り口に一番近い端の席に座る。私は煙の向こうに目をやった。少し薄くなった頭と肩のライン。ネクタイをゆるめたスーツ姿。忘れるわけがない。顔を上げた彼と煙ごしに目があう。

私はバッグと花束の入った紙袋を手にして、「大将、ごめんなさい」と告げ、慌てて店を出た。急ぎ足で駅に向かう。けれど、人の波がそうはさせてくれない。後ろから手を摑まれた。振り返らなくても、その力の強さでわかった。私は素の自分を隠して冷静な口調で言った。

「既婚者がこんなところで飲んでたら駄目じゃない」

公平が左手を挙げて私の目の前でひらひらと振る。

「バツイチやからええんや」

どん、と後ろから背中を押された。おい、と公平が声を上げたが、私にぶつかった若者は振り返りもしない。公平に腕をとられ、歩き出したものの、前には進めない。駅のほうを指差しながら言う。

「今の時間、こっちに向かうのはもう無理やで、こんな人おったら。店に戻ろ」

公平は私の腕を摑んだままだ。焼き鳥屋に向かい、端に空いた席に二人並んで座った。公平が生ビールをふたつと、焼き鳥をいくつか頼み、私たちは黙ってそれを食べた。時間が巻き戻された感覚があった。あのときと同じ店で、隣には公平がいる。公平が私が手にしている紙袋に目をやった。ガーベラとかすみ草の小さなブーケ。

「なんや、祝いごとでもあったんか？」

「結婚の食事会」

「……再婚したんか？」

「まさか、息子の」

「ああ……」とまるでため息を吐くように公平が声を出した。

「そんなに月日が経つんやな」

そう言って、やって来たばかりの焼き鳥を囓り、生ビールを口にする。私から何を話せばいいのかもわからなかった。けれど、鼓動は速くなっている。私はただ黙って、大将が次々と焼き鳥を焼き続けるのを見ていた。公平はすぐにジョッキを空にし、次のビールを頼む。

「あんたと別れてから」

公平がジョッキを手にしたまま前を向いて言う。

「あんたと別れてからいっこもええことあらへん。……頭もこないに薄くなってしもて」

そう言って公平は私につむじを見せた。確かに薄いが、別れたときより格段薄くなっているというわけでもない。

「俺はあれから、ここで毎日、毎日、あんたがここに来るかもしれへんと思うて」

「まさか」

「何がまさかやねん。……あんた、また綺麗になったな。男いるのと違うのか」

「いるわけがない。もう女なんて卒業したもの」

「卒業できるもんかい、あんたが」

そう言って公平はまたビールをあおる。頬が赤い。酔っているのは見た目でもわかった。公平がいきなり立ち上がる。スラックスのポケットから一万円札を出し、

「ハロウィンやさかい、釣りはいらん」とまわらない舌で言う。私が大将に頭を下げると、大将がわかってます、という顔で軽く会釈した。

このまま駅まで走ってしまおうか、と思う間もなく、公平に手を繋がれ、交差点のほうに連れていかれる。手を握っていて気づいた。いつも公平といたときの癖。今も同じように公平の親指を握っている。

私たちのまわりには、モンスターの仮装をした若者、そして、それを物珍しそうにスマホで撮影する外国人観光客であふれかえっていた。

「化け物どもが跋扈《ばっこ》しとるわい」

「私も化け物だもの」

公平が交差点の真ん中で立ち止まる。私に向き合う。

「あんたは化け物やない。女や。ほいで、俺は男や。情けない男や。あんたのことを毎日毎日思い出して。あの店であんたが来るのを待ちわびて」

「立ち止まらないでください！」という警察官のアナウンスが鼓膜を震わせた。信号が点滅し、赤に変わろうとしている。私たちは走った。途中、私の手にしていた紙袋

が破れた。ブーケが道路に落ちる直前にそれを公平が拾う。拾ったブーケを公平はモンスターたちの群れに投げ込んだ。どこか遠くで歓声が起こり、ブーケの行き先はすぐに見えなくなった。誰かが拾ったのかもわからない。たくさんの人の足に踏まれ、花束はちりぢりになったのかもしれなかった。

「ちょっと！　なんであんなことするの！」

私は公平に怒鳴った。

「あんな辛気くさい顔してブーケ持って女卒業したなんて言うな。奈美の人生、まだ上がりとちゃうで」

「もう、私はぐらぐらしたくない！」

「それがあるから人生おもしろいんやないかい！　阿呆ッ」

公平と二人、モンスターたちに混じって歩き出した。どこに向かっているのかもわからなかった。歩きながら、このまま手を離して、駅に引き返してもいい、とも思った。けれど、公平の私を握る手の強さがそうはさせない。まるでどこかに連行されているかのようだ、と私は思った。人生の行方は誰も知らない。いつ、この世から去るかもわからない。けれど、私は思った。強く、強く。

私はもう一度、女になりたい、と。

解説

唯川　恵（小説家）

本書を手にした時、まずタイトルに驚かされた。同じ感覚を持たれた読者の方も多いのではないだろうか。

『私は女になりたい』

これまでの窪さんの作品を振り返っても、ここまでストレートなものはないはずだ。

これは何か企みがあるに違いない。もともと窪さんは企みを得意とする作家である。いったいどんな仕掛けが待ち受けているのだろう、そんな気持ちで読み進めた。

主人公は美容皮膚科医の奈美《なみ》・四十七歳。クリニックの院長を任されている彼女は、誰もが羨むほどに若く美しい。物語は五年前、奈美の恋人だった公平《こうへい》を思い出すシーンから始まる。公平は十四歳年下でその時三十四歳だった。

奈美は思うのだ。

——あれが私の人生最後の恋だった。

と。


解説に入る前に、少し余談を書かせていただこうと思う。

二〇二二年七月二〇日、「第一六七回直木賞は、窪美澄さんの『夜に星を放つ』に決まりました」とのニュースを聞いた時、素直な嬉しさに包まれた。

こんなことを書くと、ちょっと恩着せがましいというか、自慢に受け取られてしまいそうで気が引けるが、窪さんのデビューとなった〇九年第八回「女による女のためのR-18文学賞」で大賞を受賞した際、選考委員をしていたのだ。

受賞作『ミクマリ』は、十数年経った今も強く印象に残っている。

今は違う傾向のようだが、あの頃のR-18文学賞はエロティックであることがひとつの条件になっていた。早い話、十八歳未満お断り、更に言えば子供なんかに読ませるもんか、といったコンセプトだった。

実際、主人公の男子高校生と十二歳年上の主婦あんずとの性描写は、かなり過激だった。セックス描写だけがエロティックに繋《つな》がるわけではないが、それに鑑《かんが》みても、窪さんが書かれたすべての作品の中でも、トップを争う濃厚さだと私は思っている。それでいて「性」から「生」へと変化する着地点も見事だった。

それだけではない。読み進めてゆくうちに、奔放《ほんぽう》に書いているようで、実は非常に抑制が利いていることが伝わってきた。

筆が走る、という言い回しがある。それは誉め言葉に使われることが多いが、走り過ぎると逆効果になってしまう。

下手をすると自らの文章に引き摺《ず》られ、制御が利かなくなってしまうからだ。特に新人賞の最終選考に残るほどの作品となると、文章に自信のある方が多いし、実際上手《うま》い。だからこそ走り過ぎたとわかっていても、文章を連ね続け、削ることに抵抗を覚えてしまう。それは、文章に振り回されてしまうのと同じことになる。

窪さんの作品を読んだ時、文章は書く才能だけでなく、コントロールできる才能も必要となる、ということを知ったような気がした。

さて、解説に戻ろう。

主人公・奈美の職業を美容皮膚科医に設定したことに、まず窪さんの意図を感じた。これがもし美容整形外科医だったら、物語に対する印象はまた違っていたに違いない。

若い子のことはわからないが、女性はある程度の年齢になると、顔の造作をいじることに抵抗を持つようになる（もちろんすべての女性がとは言わない）。もし失敗したら……。もし依存するようになったら……。もし「あの人、あの年齢で美容整形したんですって」と話のネタにされたら……。と、想像するだけでストレスに圧《お》し潰されそうになる。女同士は厳しいから「顔より先に直すべきところがあるでしょうに」ぐらいの嘲笑《ちようしよう》もあるだろう。書いている私も相当意地悪である。

けれども美容皮膚科となれば別のニュアンスを持つ。基本は治療と改善が目的であり、エステティックサロンに近い存在になる。どうして美容整形外科と美容皮膚科の違いにこんなにこだわるかというと、どちらを選ぶかによって女の心の在り方が推察できるからだ。

私の勝手な感覚だが、美容整形を選ぶ女性は意志がはっきりしている。もっと若くなりたい、美しくなりたい、恋愛だってたっぷり楽しみたい。それはもう清々《すがすが》しいくらい前向きだ。ところが美容皮膚科に通う女性は、エクスキューズが感じられる。別にことさら若く美しくなろうとしているわけじゃない、ただちょっとお肌のトラブルを解消したいだけ。恋愛？　まさか、もう卒業。

その一方で、心の奥底で息づく柔らかなところでは「女でありたい」との思いがふつふつと湧き上がっている。

窪さんはそちら側の女性を描きたかったのだ。だから美容皮膚科医という設定にした。何と心憎い演出だろう。

さて「したいしたいと思ってではなく、したくないしたくないと思っていてもしてしまうのが恋」と考える私は、十四歳年下の公平を前にして、戸惑い躊躇《ためら》う奈美の心の揺れが皮膚感覚で伝わってくる。

年下の、それもうんと年下の男に真正面からぶつかって来られた時、年上の、それもうんと年上の女は嬉しさだけで受け止めてはいられない。その前に自分に言い聞かせておかなければならないことがたくさんある。たとえば、妙な期待は持たないこと、彼の前でははしゃぎ過ぎないこと、重荷に思われるような言葉を口にしないこと。何があっても常に大人の女でなければならない、それは自分との闘いでもある。

そうは言っても、手を繋ぎ、口づけを交わし、セックスをする関係になって、奈美は少しずつ女を取り戻してゆく。

しかし、奈美にはそう容易《たやす》く女でいさせてはくれない存在もあるのだった。生活能力がなく精神的に不安定な元夫。両親の離婚で傷つき頑《かたく》なさを抱える息子。老人介護施設に預けているかつて自分を捨てた母。そして、奈美のクリニックのオーナー・佐《さ》藤直也《とうなおや》。

とりわけこの佐藤という老人は、作品の中で異様な存在感を放っている。彼の発する言葉には説得力があり、たとえば「美容皮膚科医は、いったい何がこの世で美しいものなのかを考える哲学者でもあるんだ」と言い「人間的に美点であるものが、院長にとっては必要のないものであることが多くある」と諭《さと》す。その箴言《しんげん》には唸《うな》らされるが、結局は倒錯した老人である。その我欲に満ちた行為に虫唾《むしず》が走る読者もいるだろう。

けれども私は彼を切り捨てられなかった。なぜなら、老いた佐藤もまた奈美と同じだからだ。「男になりたい」、そう強く望んでいるのである。その醜悪さがむしろ切なかった。

さて、冒頭で何か企みがあるに違いないと書いたが、読み進むにつれ印象は変わっていった。

展開は確かに一筋縄ではいかないが、奈美と公平の恋愛は実にピュアであり、読後は素直な感動に満たされた。窪さんがこんな小説を書くなんて、とまたまた驚かされてしまった。

同時に思った。主人公の奈美は執筆時の窪さんとほぼ年齢が重なっている。となると自身の経験や恋愛観が色濃く反映されているに違いない。いや反映どころか、これはもしかしたら窪さん自身の恋愛を描いた小説なのではないか。実際、そう思わせるだけのリアリティがある。

そして再び気づくのだ。ああ、そうか。読み手にそんな推測を呼び起こさせることが、窪さんの企みのひとつだったに違いない、と。

最後に。

直木賞受賞後のインタビューで、窪さんはこう答えていた。

〈書店さんが次々にお店をたたんでいたりして、みんな本を読まなくなっているんですよね。（中略）でも、小説にしか解決できない心の穴というか、閉じることのできない心の穴というのが誰しもあるんじゃないかと思っています。そういう小説を書いていきたいです〉

すでに、次作が待ち遠しくなる。

初出　「小説現代」二〇二〇年六・七月号

執筆にあたり、藤本幸弘クリニックＦ院長、髙瀬聡子ウォブクリニック中目黒院長、溝端慶子氏（新橋皮膚科クリニック勤務）にお世話になりました。この場を借りましてお礼申し上げます。

また、以下の記事を参考にさせていただきました。
https://medical-treatment.pro/18.html
https://forzastyle.com/articles/-/56481
https://emi-skin.jp/blog/category/director/ 施術 /page/4/

※この作品は二〇二〇年九月に小社より刊行された作品を文庫化したものです。

|著者| 窪 美澄　1965年東京都生まれ。2009年「ミクマリ」で女による女のためのR－18文学賞大賞を受賞しデビュー。'11年『ふがいない僕は空を見た』で山本周五郎賞、'12年『晴天の迷いクジラ』で山田風太郎賞、'19年『トリニティ』で織田作之助賞、'22年『夜に星を放つ』で直木賞受賞。他の著書に『雨のなまえ』『じっと手を見る』『いるいないみらい』『たおやかに輪をえがいて』『ははのれんあい』『朔が満ちる』など多数。

私《わたし》は女《おんな》になりたい
窪《くぼ》 美澄《みすみ》

2023年4月14日第1刷発行

講談社文庫
定価はカバーに
表示してあります

発行者――鈴木章一
発行所――株式会社　講談社
東京都文京区音羽2-12-21　〒112-8001
電話　出版（03）5395-3510
　　　販売（03）5395-5817
　　　業務（03）5395-3615
Printed in Japan

KODANSHA

デザイン―菊地信義
本文データ制作―講談社デジタル製作
印刷―――大日本印刷株式会社
製本―――大日本印刷株式会社

ISBN978-4-06-531008-3

講談社文庫刊行の辞

二十一世紀の到来を目睫に望みながら、われわれはいま、人類史上かつて例を見ない巨大な転換期をむかえようとしている。

世界も、日本も、激動の予兆に対する期待とおののきを内に蔵して、未知の時代に歩み入ろうとしている。このときにあたり、創業の人野間清治の「ナショナル・エデュケイター」への志を現代に甦らせようと意図して、われわれはここに古今の文芸作品はいうまでもなく、ひろく人文・社会・自然の諸科学から東西の名著を網羅する、新しい綜合文庫の発刊を決意した。

激動の転換期はまた断絶の時代である。われわれは戦後二十五年間の出版文化のありかたへの深い反省をこめて、この断絶の時代にあえて人間的な持続を求めようとする。いたずらに浮薄な商業主義のあだ花を追い求めることなく、長期にわたって良書に生命をあたえようとつとめるところにしか、今後の出版文化の真の繁栄はあり得ないと信じるからである。

同時にわれわれはこの綜合文庫の刊行を通じて、人文・社会・自然の諸科学が、結局人間の学にほかならないことを立証しようと願っている。かつて知識とは、「汝自身を知る」ことにつきていた。現代社会の瑣末な情報の氾濫のなかから、力強い知識の源泉を掘り起し、技術文明のただなかに、生きた人間の姿を復活させること。それこそわれわれの切なる希求である。

われわれは権威に盲従せず、俗流に媚びることなく、渾然一体となって日本の「草の根」をかたちづくる若く新しい世代の人々に、心をこめてこの新しい綜合文庫をおくり届けたい。それは知識の泉であるとともに感受性のふるさとであり、もっとも有機的に組織され、社会に開かれた万人のための大学をめざしている。大方の支援と協力を衷心より切望してやまない。

一九七一年七月

野間省一

講談社文庫 最新刊

内館牧子
今度生まれたら
人生をやり直したい。あの時、別の道を選んでいれば——。著者「高齢者小説」最新文庫！

上田秀人
悪　貨
〈武商繚乱記（二）〉
豪商・淀屋の弱点とは？　大坂奉行所同心の山中《やまなか》小鹿《ころく》の前にあらわれたのは……。〈文庫書下ろし〉

五十嵐律人
法　廷　遊　戯
ミステリランキング席巻の鮮烈デビュー作、ついに文庫化！　第62回メフィスト賞受賞作。

窪　美澄
私は女になりたい
人として、女として、生きるために。直木賞作家が描く「最後」の恋。本当の恋愛小説。

溝口　敦
喰うか喰われるか
〈私の山口組体験〉
三度の襲撃に見舞われながら、日本最大の組織暴力を取材した半世紀にわたる戦いの記録。

夢枕　獏
大江戸火龍改《おおえどかりゅうあらため》
妖怪《あやかし》を狩る、幕府の秘密組織——その名を「火龍改」。著者真骨頂の江戸版『陰陽師《おんみょうじ》』！

神楽坂　淳
うちの旦那が甘ちゃんで
〈飴どろぼう編〉
唇《くちびる》に塗って艶《つや》を出す飴が流行《はや》り、その飴屋を狙う盗賊が出現。沙耶《さや》が出動することに。

講談社文芸文庫

リービ英雄
日本語の勝利／アイデンティティーズ
解説＝鴻巣友季子
青年期に習得した日本語での小説執筆を志した著者は、随筆や評論も数多く記してきた。日本語の内と外を往還して得た新たな視点で世界を捉えた初期エッセイ集。
りC3
978-4-06-530962-9

柄谷行人
柄谷行人対話篇Ⅲ 1989－2008
東西冷戦の終焉、そして湾岸戦争を通過した後の資本にどう対抗したらよいのか？根源的な問いに真摯に向き合ってきた批評家が文学者とかわした対話十篇を収録。
かB20
978-4-06-530507-2

講談社文庫　目録

芥川龍之介　藪　の　中
有吉佐和子　新装版 和宮様御留
阿刀田　高　ナポレオン狂
阿刀田　高　新装版 ブラック・ジョーク大全
安房直子　春　の　窓〈安房直子ファンタジー〉
相沢忠洋　「岩宿」の発見〈幻の旧石器を求めて〉
赤川次郎　偶像崇拝殺人事件
赤川次郎　人間消失殺人事件
赤川次郎　三姉妹探偵団
赤川次郎　三姉妹探偵団2〈キャンパス篇〉
赤川次郎　三姉妹探偵団3〈珠美・初恋篇〉
赤川次郎　三姉妹探偵団4〈怪奇篇〉
赤川次郎　三姉妹探偵団5〈復讐篇〉
赤川次郎　三姉妹探偵団6〈危機一髪篇〉
赤川次郎　三姉妹探偵団7〈駈け落ち篇〉
赤川次郎　三姉妹探偵団8〈人質篇〉
赤川次郎　三姉妹探偵団9〈青ひげ篇〉
赤川次郎　三姉妹探偵団10〈父恋し篇〉
赤川次郎　死が小径をやってくる〈三姉妹探偵団11〉

赤川次郎　死神のお気に入り〈三姉妹探偵団12〉
赤川次郎　次　女　と　野　獣〈三姉妹探偵団13〉
赤川次郎　心　地　よ　い　悪　夢〈三姉妹探偵団14〉
赤川次郎　ふるえて眠れ、三姉妹〈三姉妹探偵団15〉
赤川次郎　三姉妹、呪いの道行〈三姉妹探偵団16〉
赤川次郎　三姉妹、初めてのおつかい〈三姉妹探偵団17〉
赤川次郎　恋の花咲く三姉妹〈三姉妹探偵団18〉
赤川次郎　月もおぼろに三姉妹〈三姉妹探偵団19〉
赤川次郎　三姉妹、ふしぎな旅日記〈三姉妹探偵団20〉
赤川次郎　三姉妹、清く貧しく美しく〈三姉妹探偵団21〉
赤川次郎　三姉妹と忘れじの面影〈三姉妹探偵団22〉
赤川次郎　三姉妹、舞踏会への招待〈三姉妹探偵団23〉
赤川次郎　三人姉妹殺人事件〈三姉妹探偵団24〉
赤川次郎　三姉妹、さびしい入江の歌〈三姉妹探偵団25〉
赤川次郎　三姉妹、恋と罪の峡谷〈三姉妹探偵団26〉
赤川次郎　静かな町の夕暮に
赤川次郎　キ　ネ　マ　の　天　使〈レンズの奥の殺人者〉
新井素子　グリーン・レクイエム〈新装版〉
安能　務　訳　封　神　演　義　全三冊

安西水丸　東京美女散歩
綾辻行人　殺　人　方　程　式〈切断された死体の問題〉
綾辻行人　鳴風荘事件 殺人方程式Ⅱ
綾辻行人　十角館の殺人〈新装改訂版〉
綾辻行人　水車館の殺人〈新装改訂版〉
綾辻行人　迷路館の殺人〈新装改訂版〉
綾辻行人　人形館の殺人〈新装改訂版〉
綾辻行人　時計館の殺人〈新装改訂版〉
綾辻行人　黒猫館の殺人〈新装改訂版〉
綾辻行人　暗黒館の殺人　全四冊
綾辻行人　びっくり館の殺人
綾辻行人　奇面館の殺人　(上)(下)
綾辻行人　どんどん橋、落ちた〈新装改訂版〉
綾辻行人　緋色の囁き〈新装改訂版〉
綾辻行人　暗闇の囁き〈新装改訂版〉
綾辻行人　黄昏の囁き〈新装改訂版〉
綾辻行人　人間じゃない〈完全版〉
綾辻行人ほか　7人の名探偵
我孫子武丸　探　偵　映　画

2023年3月15日現在